U0723769

你像一朵太阳花

陈奕翰◎著

中国出版集团　现代出版社

图书在版编目（CIP）数据

你像一朵太阳花 / 陈奕翰著 .-- 北京：现代出版社，2019.1

ISBN 978-7-5143-6818-5

Ⅰ.①你… Ⅱ.①陈… Ⅲ.①杂文集－中国－当代 Ⅳ.① I267.1

中国版本图书馆 CIP 数据核字（2018）第 198904 号

你像一朵太阳花

作　　者	陈奕翰
责任编辑	杨学庆
出版发行	现代出版社
通讯地址	北京市安定门外安华里 504 号
邮政编码	100011
电　　话	010-64267325　64245264（传真）
网　　址	www.1980xd.com
电子邮箱	xiandai@vip.sina.com
印　　刷	三河市燕春印务有限公司
开　　本	880mm×1230mm　1/32
印　　张	7
版　　次	2019 年 1 月第 1 版　2019 年 1 月第 1 次印刷
书　　号	ISBN 978-7-5143-6818-5
定　　价	39.80 元

目 录

要像向日葵一样，永远面向太阳

如今回到那里，每次路过那条路我总会想起你，虽然如今这附近已经被拆掉建成了小超市，虽然那条路不再是原来的路，那里的房子也不再是以前的房子，你也不再会在附近出现。

你现在生活得还好吗？那个曾经贫困的少女，买不起玩具，甚至像流浪汉一样在街边捡废品，即便处在这样的窘境中，你都没放弃过希望。

无论你在哪儿，要像向日葵一样，永远面向太阳。

小时候，我对贫穷一直没有太多的概念，大概是生活太好的缘故，总觉得世界上所有人都跟自己一样，能买到自己想要的玩具，读市里最好的学校，吃喝不愁，没事看看动画片，玩玩变形金刚。

根本不会想到在你睡觉，看动画片，吃零食时，有这么一伙人居然连吃零食，玩变形金刚，到电影院看电影都是奢侈，同时更加想象不到，在如今21世纪居然还有人过着吃了上顿没下顿的生活。

直到有一天在电视里看到非洲难民的新闻，我大吃一惊地双手遮住眼不敢再看。后来我拼命拉着妈妈衣角，问关于那些新闻的事情，但妈妈总是忙上忙下，洗衣服做饭拖地根本没空搭理我。这让当时的我对"贫穷"两字有了遐想，觉得以后长大有钱了，一定要买很多吃的，然后分给大家。

初中时学校附近会出现一个捡瓶子的小女孩，那时所有人放学看到她都会躲得远远的，说她脏。尽管她真的很脏，我对她却很好奇。同学们开始在讨论她脑袋是不是不正常，但我看她的模样跟行为举止又不像不正常的小孩。

几次鼓起勇气尝试跟她搭话，她总是一句话不说，继续捡她的瓶子，以至于让我一度怀疑她是不是根本不会讲话。后来证明我的想法错了，有一次放学路过每天都会经过的那家小卖部，我买了一瓶冰红茶，她往常会在那附近的垃圾桶旁边找瓶瓶罐罐。我走过去大口大口喝完手中的饮料，把瓶子递给她，她接过瓶子，说了一声谢谢。那是我第一次听到她的声音。

我惊奇道："原来你会说话啊？"

她说："谁跟你说我不会讲话了。"

我说："你叫什么名字？"

她说："你可以叫我小涛。"

说完她就转身离开了，从那天开始我总会到小卖部一次性买很多饮料，然后把瓶子放在垃圾桶附近，躲起来，看着她把瓶子拿走为止。要是清洁工阿姨扫走，我就跑过去说瓶子我还要的。

在那个星期里，由于喝太多饮料，上课天天跑厕所，不知道的都以为我膀胱出了问题。

由于我多次如此，小涛似乎察觉到这是我做的，不然哪有那么多瓶子可捡。

我对她越来越好奇，她的父母呢？

后来我跟她成了朋友，这免不了同学的流言蜚语。

"哇！小茂跟流浪女谈恋爱啦！"虽然受不了这些，但我也不能就此不理小涛了，我的朋友很多，但她的朋友就我一个。更让我恼火的是居然老师也来找我谈话，问这是怎么回事？那一天我在人生中头一次顶撞了班主任，说，这事你不用管。

她带我第一次去她家时我惊讶得说不出话，她居然能把破破烂烂的家收拾得如此漂亮。把捡来的报纸、糖果纸贴在墙上当装饰品，瓶子拿绳子串起来，在床的周围挂满一圈，仿佛这就是自己的世界了。

我说："你肚子饿吗？"

她拼命地点点头，说："饿。"

我说："走，带你去吃麦当劳。"

小涛说："不要了吧，那是有钱人吃的东西。"

我说："没事，我零用钱多的是。"

我拉着小涛的手去麦当劳，一堆人看着我，小涛大口大口咬着汉堡，眼泪一直一直地掉。

小涛问："你不吃吗？"

我说："你吃吧，这个东西我经常吃，早就吃腻了。"

小涛没有讲过她父母的事情，我也从来没问过，不过

3

我听得出来她并不是本地人，于是晚上睡觉自己头脑想象着一个悲惨的故事，父母带她来到这里打工，白天就一个人在家，自己做饭、洗衣服，勤快得要命，就是为了等父母回家。那一晚却怎么等都等不到父母归来，一天两天三天，后来传来消息，工地上的父母，因意外双双去世。

当然这只是我在睡觉时，像傻子一样，自己头脑幻想出来的情节。

后来发现小涛原来是有父母的，不过我只看到她妈妈，她爸爸据说是跟妈妈离婚了，小涛的妈妈是清洁工，身上还穿着清洁工的衣服。

不过后来想想有深深的愧疚感，小涛明明有父母，却被我想象成父母双亡，以至于一有空就给她买衣服，要么跑到肯德基请她吃汉堡，再不然就跟她一起捡瓶子，然后拿到废品站去卖，我总是会跟废品站的那个大叔辩论半天，争取多要点钱，要是不给我就无耻地赖在那里，抱着他的大腿不走了。

讨厌，能拿我怎么办！废品收购站的大叔拗不过我，妥协了，多给了几块。以至于后来废品收购站的大叔一看到我们就害怕了。

讨厌！又来抢钱！

小涛说自己在读二年级，平时之所以会捡废品，一来可以废物利用用来装饰房间，二来可以卖掉瓶子补贴家用。

小涛读的那个小学很小，一栋小小的教学楼，连操场都那么小。如果小涛不带我过去，我恐怕根本不会知道，原来还有那么小的学校，也是从那天开始，小涛改变了我的世界观，原来还有这么多人，过着你想象不到的生活。

我又很好奇了，问："那你还经常捡废品？你知道我们学校的人都把你当成流浪汉。"

小涛说："管他的，我做我的事，干吗管别人，我又不像你们这些有钱人，一个月就有那么多零用钱。"

我看着小涛的眼睛，从她眼睛里看到的是希望，无论怎么样，她对未来总是有那么多希望。

之后同学的谣言传得更加厉害，说："小茂，脑子坏了？跟她一起捡瓶子？"我不屑地回答道："你不懂，这叫体验生活。"

同学说："你干吗要理她啊？"

我说："她的同学已经在疏远她了，如果我也不理她那小涛就真的没有朋友了。"

同学惊讶道："不会吧！她还有学校？一直以来以为她是没爹没娘的。"

有一天我突发奇想，问小涛养不养狗？她说养不起狗，我说没关系，我把我家的小黄给你，我家狗粮很多，你就当帮我养着，什么时候不养了再还给我也行。

小涛想了想点点头，我告诉她，以后出去就带着小黄，看谁敢欺负你。

小黄是只米格鲁猎兔犬，听名字就很帅，其实就是一只普通的比格犬而已。当妈妈问起我，小黄到哪里去了，我就说，被邻居的邻居家母狗勾引去了。

我们牵着小黄，一边走一边捡路边的瓶瓶罐罐，我还给我们三个起了个队名，叫小黄大队，别提多威风。

小涛之前的自卑也慢慢褪去了，那时我才发现小涛原来笑得那么好看，像向日葵一样。

本以为这样的时光会永远保持不变，无非是一天过一天，每天都是差不多的日子，我不知道原来我们终究会长大，原来还有分开这回事。

年末小涛牵着小黄过来，说她要回去了，所以把小黄还给我，说过完年应该还会回来。我们拉钩了，约定好，第二年在小卖部门口集合。第二年如期见到她，小涛好像长高了一点点，新衣服穿在她的身上，真的太漂亮了，我们还是小黄大队，都穿着新衣服，还是在一起捡路边的瓶子。

直到后来我搬家，走之前我们互送了礼物，她送了我一本她很喜欢的书，我送了她一个有温度的大毛绒熊，其实之所以说成有温度，是因为我姐每晚都抱着它睡觉，我是从我姐的房间偷来的，希望小涛有个念想。

从此真的就是再也不见。

如今回到那里，每次路过那条路我总会想起你，虽然那条路不再是原来的路，那里的房子也不再是以前的房子。

小涛，你现在生活得还好吗？无论你在哪儿，要像向日葵一样，永远面向太阳。

你家狗长得真丑

有些人表面上看起来光鲜亮丽，但事实上自己有多尴尬只有自己明白。那些人表面有多光鲜亮丽，私底下就有多尴尬，只是你看到的都是他发光的一面。

1

张夏是那种父母经常说的"别人家的孩子"，从小优秀得让人望尘莫及，不仅头脑聪明，什么任务到她手里都能够办得妥妥的。所以无论是在外面还是在小区都有一大拨追求者。

她就住在我家楼上，是我们小区里的女神，追她的人如果要排队，能从她家门口排到小区门口，这样讲绝不夸张。

平时在小区见到她大多数时间都是在遛狗，她极爱狗，时常穿着狗狗图案的白衬衫跟短牛仔裤。长相清秀，大长腿，身材好还漂亮。

唯一不好的地方就是她养了条很丑的狗，牵狗出去，一丑一美简直是鲜明的对比。有人说，没关系，主人美就行，所以张夏一下小区，仍然有不少人会屁颠儿屁颠儿跑过去跟她搭话。

那条狗叫小豆豆，别听名字好听，长相却奇丑无比，是一只杂交的金毛。据说她是从微信上买来的，花了两千多块钱，结果买到了一只杂交的金毛。张夏想退货，卖家不干了，后来电话微信都联系不到，只能认倒霉。至于它保留了多少的金毛血统我们不得而知，只知道它看起来跟土狗没区别，有时候甚至觉得比土狗丑得还要高出几个档次。

我多次想过去问她，为什么你家狗那么丑，它还是金毛的后代吗？这句话从我见到那只狗到后来的几个月里一直没说出口。只要张夏一走过来，打了声招呼，对我笑了笑，我便什么都忘了，她笑得很好看，一切难听的话都会变成赞美的话。

虽然知道这样很没出息，但她的漂亮不是普通的漂亮，就是那种只要你看她一眼，就能让你印象深刻，在人群中都能一眼认出来的漂亮。

就这样从小到大都优秀得不得了，走出去还发着光的女孩，谁都想象不到，却牵着这么丑的一只狗，总觉得实在可惜，应该换一只贵宾，要么比熊也可以。不过张夏总是不让我们说她的狗，特别是骂它被她听到，脸色立马会变得很黑很黑，然后两天都不跟你讲话。

所以我总是讲夸它狗的话，虽然说的那些都是反义词。

张夏还给小豆豆报了个狗狗选美比赛，就是比谁的狗狗更美，所有人都为了比赛给狗狗精心打扮，而张夏却什么都没给狗狗打扮就直接牵着过去了。在我们都认为张夏不可能赢的时候，居然奇迹般获得了亚军。

评委说张夏的狗狗身上有其他狗没有的美，虽然我看小豆豆一个多小时还是不知道，究竟美在哪里。

也不知道那个评委究竟是在看张夏还是在看狗狗。

2

喜欢张夏的人很多，D先生就是其中一个。为了跟张夏有话题可讲，本来就怕狗的他，居然也养了条狗，而且还故意挑了只丑狗，就为了能跟张夏一样，以为这样就能接近张夏。

结果张夏一看到狗就来了句，你怎么买了条那么丑的狗。D先生瞬间蒙了，又不敢反驳女神，所以只能无奈地呵呵苦笑。

D先生暗恋张夏多年，据说从读书时就暗恋她，在张夏有男朋友到后来分手到如今，整整暗恋了她八年，所以我们都称他为暗恋大仙。

终于D先生忍不住表白了，结果被张夏一口拒绝，D先生面子薄，除了躲在屋子里自己直流眼泪之外，不敢再对张夏做什么，喜欢你这句话更不敢再说，即便我万分鼓励，D先生还是不说话。

张夏人漂亮，拒绝起人来更漂亮，迄今为止的追求者百分百都被她拒绝了，这正是为什么张夏从大学毕业，至今单身的原因了。

有一次我遛狗见到张夏，问她，那么多人追你，为什么不考虑一下？张夏说："别人喜欢我，我就得考虑吗？可我不喜欢他们啊，没必要为了脱单勉强自己跟不喜欢的人在一起，我是宁愿单身也不愿意将就的人。"

我看着张夏，每当张夏说这些话的时候，我总觉得她酷毙了。

3

最近听说张夏在小区里开了一家小卖部，小区原本已经有一家小卖部了，自从张夏的小卖部开了之后，那边的生意几乎全被抢光。

据说张夏小卖部的方便面一百块钱一包，还人人抢着买。我一听大喊，天哪，她还真敢卖？她家方便面黄金做的？

出于好奇心跑过去看看，结果一看发现方便面是正常的价格，标着两块五，并没有他们所说的一百块，我问了张夏，结果张夏说，他们给她一百块，说没零钱，结果张夏找给他，他又不要，张夏也没办法。特别是D先生买一根雪糕，给了一百块钱。结果从此张夏的小卖部就被传言说方便面一百块钱一包，他们买得还心甘情愿。

不过我看到还真有这么几个傻瓜拿着一百块钱去买，张夏全程一脸蒙，不知道该说什么。我在想以张夏在小区里的人气，另一家迟早倒闭。

结果两个月后另一家小卖部不出任何意外地就关门了，从此那家小卖部老板每次路过张夏那里，都会向里面指中指。

张夏就这样忍了一个月，终于忍不住跑出去大喊："你再指指看啊！我忍了你一个月了！"

那个老板说："指你怎么了？还一百块钱一包的方便面，你也敢卖？不知道你是在卖零食还是在卖其他的。"

张夏一听火冒三丈了，二话不说一巴掌扇了过去，道：

"你有种再说一遍！"然后两个人打起来了，张夏指甲挺长抓得小卖部老板满脸抓痕，一边走一边掉眼泪。我不明白她在哭什么，感觉好像又不是因为脸上的抓痕哭的。

两个人在同一个小区闹不和，之后路上遇到，只能装作不认识。

打完架的张夏反倒没有生太多气，只是叹了口气，沉默了好长时间之后，说："怎么会变成这样，以前关系明明很好。"

我走过去安慰张夏。

张夏说："你知道吗？阿翰，我们以前是同学，跟我还是关系很好的闺密。"

听完我吓了一跳，张夏跟她刚好都是1989年的，她叫小惠。二人以前是同学，可以说是很好的闺密。

一起去上厕所，一起放学，一起到食堂吃饭，遇到不懂的题互相请教。二人就像是亲生的姐妹一样，好到没话说。张夏比小惠大几个月，所以张夏无论做什么都是一副姐姐的模样。

二人是因为什么闹得关系不好呢？该不会跟狗血的小说一样，爱上了同一个男孩？所以两个人为了抢男人闹得关系不好了？当然不会这样。

不过那时的小惠的确爱上了个叫鹏程的男孩，那是小惠的初恋，她情窦初开，单纯的小惠跟男孩认识不到一个星期就在一起了。

鹏程刚开始说一定会好好照顾小惠，不过张夏却一直反对他们的恋情，张夏说，鹏程他太渣了，他的话不可信。

就因为这个原因，二人大吵一架。结果真的被张夏说对了，鹏程不到几个月就找了新欢。小惠打电话给他也是爱接不接，这时小惠才明白，自己究竟有多笨，被人轻易骗了。

闺密毕竟是闺密，她们很快和好了，不过她们之间不知道怎么了，突然就回不到之前的关系了。

事实上，小惠一直在嫉妒张夏，天生长得漂亮，追她的男生多，成绩还非常好，小惠有的张夏有，小惠没有的张夏也有。

张夏就是那种，别人家的孩子，优秀得让人望尘莫及，小惠觉得，这辈子都没办法赶上张夏的一半。

之后小惠越来越觉得跟张夏做朋友，就跟做她丫鬟似的，什么都是她说了算。

这让两个人的关系在无形中渐行渐远，她们也没有发生过任何争吵，这比有目的的吵架还要恐怖。

你要知道，一个人表面看起来的好，一定是在你看不到的时候一直在偷偷地努力着。张夏是个固执的人，不然最后也不会跟当时的男朋友分手。

张夏说要去北京，所以叫男朋友一起去，否则分手。结果男朋友犹豫了半天，说北京我去不得。结果张夏马上来了句，那就分手吧。谁知道男生也轻易地就回了句，好，分手。

张夏听到这话怔了一下，眼泪憋在眼角，使尽全力不让它流出来。

张夏按照她自己的计划，毕业后要去北京，只是跟计划不一样的是，计划里是两个人要去的，而后来就变成了只有张夏一人。

她独自去了北京，头一次感觉到什么是孤独，发烧发到三十八度，想打电话，却不知道要打给谁，曾经熟悉的人，慢慢地不知道怎么了变成老死不相往来。

张夏也没想到说好要去北京奋斗，刚开始热血沸腾，去了北京几年，最终还是回到这里。

张夏跟我讲完这些，哭得更加厉害，可能是老天故意捉弄人吧，张夏跟小惠如今居然在同一个小区，张夏回来时看到的第一个人就是小惠，本以为应该有很多话要讲，却都化成了沉默。

她们两个都开了一样的小卖部，这也可能是命中注定。

我拿了张纸巾递给张夏擦眼泪，这是我第一次见到泪流满面的张夏，张夏从来都不在别人面前哭，在别人面前总是光鲜亮丽。事实上，在无数个孤独的夜晚，张夏都哭湿了枕头。

其实一直以来张夏也不容易，她很固执，就像她当初养小豆豆一样，明知道是杂种却当成纯种狗去养，别人说养了没用，张夏就跟那人闹起了脾气。

后来小豆豆死了，趴着一动不动，张夏哭成了泪人。我问她当初养小豆豆的理由是什么，张夏说因为孤独的时候，小豆豆会趴在她脚边，虽然它的确丑了点。

张夏是那种大多数人看来，过得很好的人，生活更加不会有任何烦恼，更不会感到孤独。

事实上后来我发现，最容易感到孤独的人，是大家认为最不会孤独的张夏。

发着光的萤火虫

儿时对萤火虫的屁股一直情有独钟，总觉得那屁股太好玩，会发光。

小时候的我们总是很天真，对很多事物都不理解，觉得美的东西就一定要长久，后来发现其实不是这样，正因为它们美，它们太好，所以在最有价值的那段时间里，才拼命发光。就像蝉一样，能发出那么美妙的叫声，却只是鸣叫一个夏天，然后生命就此消亡。

童年里萤火虫大多都是在电视里才能看到，到了晚上在草丛里跑一跑，就会有漫天飞舞的萤火虫出来，电视机里都这么演，但从小在城市生活的我几乎看不到萤火虫的身影，也没有大片大片的草丛，所以对萤火虫盼望已久，它几乎成了我儿时的一个梦想。

在小时候，只有一次看到了一个亮点从我眼前飞过。我双手合拢把它抓住，从手的缝隙里看到，那微微的亮光，让我到如今都没办法忘记。

记得很清楚，那年我才十岁。

小时候对动植物都情有独钟，每天准点会锁定中央电视

台的《动物世界》，事实上我最想看的是播到最后那几分钟的动画短篇。

一个简单的小小的昆虫故事，却总是蕴含着许多人生哲理。

看完电视我总能对着电视发一下午的呆，继续想象那只昆虫的历险记，那只昆虫总能被我的想象力，想象成不是变成超人就是变成蜘蛛侠，拯救世界。

萤火虫是我小时候最好奇的一种昆虫，能从屁股上发光，是多么让人好奇啊！几次吵着要看萤火虫，不过从小到大还真的就只见过一次萤火虫，据说它的寿命只有三至六天，这是在后来书里看到的，知道后我伤心了半天，觉得美的东西为什么生命都那么短暂。

我为了这个还哭得稀里哗啦的，妈妈完全不知道我究竟在伤心什么，于是拿各种东西来哄我，可是我的哭声还是止不住。终于妈妈不耐烦，拿起了竹条，把我屁股打得通红通红，红到快要赶上萤火虫亮亮的屁股，当时还想，如果被打完屁股会发光，我倒是愿意献出我的屁股。

跟我一起找萤火虫的还有小岚，她当时住我家附近，我为了耍酷在她面前吹了牛，说："我能带你看萤火虫。"她眼睛睁得大大地看着我，说："真的？"我回答："当然真的，我是谁啊。"

但这个牛吹完我就后悔了，因为真的很难找，特别是在城市里。

为了见到萤火虫，暑假，我带小岚来到我姥姥那里，因为觉得姥姥那里应该有，她住乡下，只有在她那里才能

15

见到大片大片的草丛，晚上我学着电视剧里的情节，拿眼罩遮住小岚的眼睛，然后在草丛乱跑，我想象着跟电视剧里一样有漫天飞舞的萤火虫，结果一抬头，一大堆蚊子在我头上盘旋。

被蒙着眼睛的小岚在一旁很着急，说，好了没？可以拿掉眼罩了没有？

我故意咳嗽了一声，说没有，不过这么拖延也不是办法，但又不能让她摘掉，因为我不可能让她看头上的蚊子。

后来我想了想干脆回姥姥家看动画片得了，结果把小岚落在那里。

在小岚到草丛站了快半个小时后，发现我没动静，叫我也没有声响，于是拿掉眼罩，发现我已经不知道跑到哪里去了，后来小岚回去发现我坐在客厅看动画片，拿起身边的扫把追着我打了快十分钟。那晚萤火虫还是没有看成，小岚因此骂了我一个暑假，说我是大骗子，把她骗到草丛然后自己跑了。

我哭着跟姥姥讲，电视都是骗人的，结果她听了笑了我好长时间。

暑假过后我还是觉得愧疚得要命，自己答应的事没有办到实在太没面子，我跟小岚道歉，但她却不理我了。我知道小岚喜欢昆虫，所以我抓来了蝴蝶、蟋蟀、毛毛虫，每种昆虫装一个瓶子，连蟑螂都被我抓来装瓶子里。

如今想想都佩服小时候的我勇气可嘉，居然敢抓蟑螂，要知道如今蟑螂是我最怕的东西，如果说满屋子都是老鼠或者蟑螂，两个要选择一个，我一定毫不犹豫毅然决然地选择老鼠。

其实长大的我之所以会那么讨厌蟑螂是因为小时候两只蟑螂从我裤子爬上去，一只在前面一只在后面，前后夹攻，我哭了个半死。

那次被吓到了，所以从此对蟑螂就有了深深的恐惧。

但在那之前我是一点都不怕蟑螂的。

趁小岚上厕所，我把瓶子都放小岚书包里，决定给她一个惊喜。

上课铃一响，我盯着小岚等她打开书包，就在那一刻我得意极了，当时我觉得自己真的是个天才，头脑想象着，小岚看到我送她礼物时高兴的表情。

结果她一打开书包马上大叫，把书包扔了出去，瓶子全部打碎在地上，昆虫全部跑了出来，各种昆虫满地爬，在教室里乱飞，同学被吓得到处乱跑，场面一片混乱，小岚被吓得号啕大哭。

后来老师很严厉地在讲台上训斥大家，问这是谁做的恶作剧。我低着头大气不敢出一声，只听到有人叫我的名字，指向我，全班同学都往我的方向看来，在那时我才意识到自己干了一件多大的蠢事，我更加不敢去看小岚的表情，她是有多失望。

之后的几个星期里我跟小岚好长一段时间都没有讲话，我想跟她道歉，但总是开不了口。

后来开口了，跟她说了那句"对不起"。结果她却回了一句"以后都不跟你玩了"。听到这句话瞬间感觉晴天霹雳，比听到老师说"你又考不合格"还难受。

大概是在那时我才决定要认真去找萤火虫，找到萤火虫她大概就不会生气了吧。但无论我怎么找都是无果，这一度让我怀疑萤火虫到底存不存在，说不定世界上根本就没有萤火虫，它是大人编造出来的一种昆虫，一种美好的遐想。

虽然我特别想这样安慰自己，没有萤火虫这种生物，然后不找了，跑回去睡觉。但一闭上眼睛就似乎听到小岚说，以后再也不跟你玩了，立马让我睡都睡不着。

不过萤火虫最终还是被我找到了，说成找到了好像有点不妥，因为我几乎已经放弃找萤火虫了，是它自己飞来的，在那天晚上，我看到了一个亮点朝我飞来，我两手合拢，从手的缝隙里看到，那微微的亮光。

我把它装到了瓶子里，第二天早上拿到小岚面前，不发光的萤火虫其实也跟普通的昆虫没区别，我怕小岚不相信那是萤火虫，所以拿了小纸条上面写着"萤火虫"三个字贴在上面，那时的我大概觉得这样就能让她相信，瓶子里的是萤火虫。

结果小岚看了看瓶子，不屑地说了一句，别以为瓶子上写了萤火虫，我就真的相信是萤火虫，又随便抓一只虫子忽悠我。

听小岚讲完这话我觉得委屈极了，我为了给她找萤火虫，费了那么大精力，结果终于找到，拿到她面前，她却这样讲，当时差点就被气哭了。

　　我想，到了晚上大概就能证明它是萤火虫了吧。到了夜晚，发出微微亮光的萤火虫，我清楚看着小岚她的脸，在那一刻她是那么幸福。

　　萤火虫就见过这么一次，后来就真的没有再见过，之后它被我放了，因为我查资料发现，它的寿命就只有三至六天而已。

　　就在我给小岚看完萤火虫的一个月后，我就搬家了，小时候搬过许多次家，所以身边的朋友一直在换，老师同学跟身边的环境也一直在换，不过我仍然清楚记得，小岚在看完萤火虫的那一刻的那个表情。

　　小时候的我们总是很天真，对很多事物都不理解，觉得美的东西就一定要长久，后来发现其实不是这样，正因为它们美，它们太好，所以在最有价值的那段时间里，它们才拼命发光。就像蝉一样，能发出那么美妙的叫声，却只是鸣叫了一个夏天，然后生命就此消亡。

　　萤火虫大概也是这样，在能发光时它们才那么拼命发光。

不要把时间浪费在不适合自己的事情上

事实上有些事我们一出生就注定好的，你以后会做什么工作，你会爱上什么人，就像小华之前被同事忽视嘲笑的整个时期。不过最后一定会有个好结果，只要你去相信，最终留下的一切一定都是最适合你自己的。

说到小华，他在学校时就很内向，是比我还要内向，做起事来总是慢别人半拍。我跟他初中同学，初中时他是倒霉鬼，是那种出门一定会踩到狗屎的倒霉，同时也是一些不良少年经常欺负的对象，后来小华读到高中突然辍学去打工。

小华在去手机店工作之前对手机完全不了解，品牌手机只认识一种，其他的品牌一律不知。

对销售更加一窍不通，本身就不善言辞的他，本来是不适合这个工作，后来他认为这项工作能锻炼一下口才这个短板，就应聘去了。

刚刚工作，他连跟顾客说欢迎光临都害羞，跟同事聊天他们都嫌弃他，说他声音太小了，听不到。

但工作出现的烦恼却比起初想到的多，首先是工资问题，到底哪边发？因此跟经理吵了半天，其次是他不善言辞的缘故，一个月下来，别人都卖了二十几台机，不善言辞又不跟大家抢顾客的他，只卖了六台机。

后来被调到了另一家手机店，那里厅内是被分成了两家，他们常常会为了抢顾客的事情吵架，所以两家基本不说话，互相说对方的坏话也是经常。

每晚下班，小华都被经理唠叨N遍，从他嘴里听到最多的大概是，为什么今天没开市？小华说，多次想对他指中指，然后再大喊，你烦不烦！然后摔工牌走人，多次有这个想法，并且在头脑自己演习了N遍，但直至辞职那天他工牌还是没有摔成。

小华在手机店屡次受挫，第二个月他更加惨淡地只卖了三台机，毛利只有一千五百元，在这种情况下，他多次想到了辞职，结果都被经理说服。经理说："你连这份工作都做不好，去做其他的肯定也做不好，只有继续把这份工作做好，以后做什么都会轻松。"小华听了居然觉得有道理，于是继续留下了。

结果他却被同事各种嫌弃，说他脑袋愚钝，反应迟钝，小华脾气好都忍住了。但面对上班被同事各种忽视，小华多次想辞职的冲动，其次是他太过腼腆的缘故，你要知道腼腆的人去做销售是有多么困难。

经理几次找他问话，小华也无可奈何，自己也想卖机，但总是接不到客，人一倒霉起来，喝水都塞牙，几个星期下来，小华只接到五位客人。经理说是他自己的原因，大概真的是这样，但我觉得，做一份自己不喜欢的工作是多么无力。

小华努力卖机，不过总是接不到什么客人，有时接到又被别人抢了去。

不是你不够好，也不是你太笨，而是你没有找到自己真正该去做的事情。迄今为止我始终相信，我们每个人在做自己喜欢的事情，总是会竭尽全力，每一个成功的人都一定是从最初的喜欢开始的。

小华虽然过分内向，但他的厨艺却是大家都认可的，他大概只有在炒菜时才能找到乐趣。我时常劝告他干脆去当厨师，结果他却总是没在意，觉得要改掉自己内向的毛病，所以去做了销售，结果却做得一塌糊涂。

我说："销售不适合你，辞职吧。"

小华说："可是经理不让走，发了辞职信，他没批，还叫我留着。"

我说："你傻啊，你难道要被他一直绑在那里？自己喜不喜欢这个工作，你自己最清楚。"

小华平时无聊时会给自己炒一些小菜，没事我们就去蹭吃蹭喝的，后来他找到了女朋友，就不再让我们去了，变成了她女朋友的私人厨师。

小华的工作，经理不给辞职，后来小华受不了，发了工资后不告而别，第二天经理发来信息，说为什么没来上班？小华回复，不去了。经理打来电话，小华把电话挂了。这大概是小华从初中以来做过最大胆的事情。

小华辞职后经朋友介绍，在一家餐厅当了厨师，我想这是最适合他的工作，在这里小华认识了他的女朋友，就是餐厅老板的女儿。

他女朋友家里有钱，人还漂亮，暗恋她的人很多，但不知道为什么，她居然喜欢小华，还是倒追的。那天姑娘突然跑过去跟小华表白，那声"喜欢你"从姑娘口里说出来时，小华愣住了，突然被别人表白，让小华猝不及防，锅里的菜都差点被他炒煳了。他万万没想到居然在他最难过的时刻，有这么个人出现在他身边，说这样的话。

好事一下子都来得那么突然，让小华没来得及反应，也没有像经理所说的，做不好这份工作，做其他的一律不好。

人的生命很长，但能做自己喜欢的事情的时间却越来越少，事实上有些事我们一出生就注定好的，你以后会做什么工作，你会爱上什么人，就像小华之前被同事忽视嘲笑的整个时期。不过最后一定会有个好结果，只要你去相信，最终留下的一切一定都是最适合你自己的。

小华结婚的那天我也参加了，大家都说他能娶到老板女儿那简直是逆天了，小华笑嘻嘻的什么都没说，后来大家一人一杯把他灌醉了。后来他自己开了家小餐馆，虽然一直以来女方父母是反对女儿跟小华在一起的，不过这些都没有关系，他们的爱情也有了结果，小华的小餐馆生意也越来越好，开了分店。

我想这大概是小华盼望已久的生活，愿你今后能一直做喜欢的事情，跟你喜欢的在一起。

你很胖，但你很善良

　　身边有不少很胖的朋友，但他们都有一个共同点，除了一样的胖，还一样的开朗，胖并没有给他们带来自卑感，相反他们大多都很自信。

　　你很胖，但你很善良。

1

　　A同学就是这样，他除了打英雄联盟之外唯一的两大爱好就是吃跟睡，是当时我们班上唯一的胖子。

　　减肥这句话在他口里不知讲了多少次，但一看到吃的，便什么都忘了，吃完摸摸肚子，很认真地说，明天开始减肥。但第二天照吃。

　　他的体重一天天增加，他自己着急，我们也跟着着急。我们都说，你看你又胖了，还吃，难怪找不到女朋友。A同学很笃定地说，总有这么一个人，会喜欢这样的我。

　　听完，我们异口同声道："是啊，阎王爷的女儿要。"

　　他总是这样被调侃但他又很开朗，还是天生的好脾气，别人要求他的事情能做到的，基本不会拒绝。

A同学最大的愿望是找个女朋友，所以才下定决心要减肥，但每次都半途而废，体重减了大半年没有少反而重了。

体重没有少但女朋友真的被A同学交到了，这个消息很快就在班上像瘟疫一样传开了，以A同学那个体重能交到那样的女朋友，至今为止想想都觉得是个奇迹。

他秀起恩爱来也完全不顾虑我们这些单身狗的感受，变成了秀恩爱狂魔，明明之前单身时他还说过，秀恩爱这种东西是很无聊的。

也许正如A同学所说的，总有这么一个人，会喜欢这样的我。

那姑娘也许一直在等A同学这样的男生出现。

2

辫子姑娘也爱吃，但她并没有多胖，只是一直觉得自己很胖，疑心病重到可以去看心理医生。她同样说要减肥，说了上百遍，还是管不住自己的嘴。

管不住也就算了，事实上并没有人觉得她胖，这一切似乎都是她自己的心理作用。

据说她一天要称好几次体重，吃饭了称，吃完过了一小时又称，洗完澡也称，看完电视剧无聊也去称。

明明很怕自己胖却管不住好吃的嘴，还不爱运动，不工作的话一天能睡上十几个小时。

说句实话这样不爱运动，还爱吃爱睡的姑娘，能保持她如今的体重，在我看来已经是个奇迹了。

辫子姑娘有个男神，是她学校里的帅哥，事实上辫子姑娘从初中就喜欢他，为了能跟上那男生的脚步，辫子姑娘发愤图强，从班上倒数第六名，到后来前几名。后来成功地跟他读同一所大学。

男孩并不知道有个姑娘喜欢他喜欢了那么多年，后来据说辫子姑娘表白了，男孩听了呵呵一声，果断拒绝。

辫子姑娘一度认为他拒绝一定是自己太胖的缘故，这才有了后来辫子姑娘几分钟称一次体重的事情。

我说："不运动你称个一百年也瘦不下来，光吃跟睡能瘦，我叫你姑奶奶。"

辫子姑娘满脸不高兴："别这么说啊，运动好累人的，说不定奇迹会发生，吃着吃着，我身材就苗条了。"

我说："你想得倒美。"

辫子姑娘笑点是极低的人，看喜剧片能活活笑死的那种，笑起来还各种表情包。

她的笑声有时候会来得让人猝不及防，其原因是看到朋友圈别人发的一条笑话，便能让她捧腹大笑个半天。

有些女孩就是这样，看起来大大咧咧好像没心没肺，事实上心底里却善良得很。

3

小棍也是一个很胖的姑娘，跟别的胖子不同，她是那种明明很胖还嫌弃自己太瘦想要再胖一点的女孩，一点也不担心自己交不到男朋友。

胖对她来讲没什么，不能喝酒对她来说才是最恐怖的，更恐怖的是，她一旦喝酒，拉她回去的人才辛苦，一路就像在拉五十袋面粉似的。

有些人就是这样，把体重置身度外，喝酒才是大事。

每次喝醉都是她闺密拉她回去，刚开始觉得很奇怪，她闺密居然无怨无悔送她回家送了几个月。后来才知道，她闺密原本一百三十斤的体重，几个月下来少了十几斤，其原因就是送棍子姑娘回家减的肥。

从那以后只要棍子姑娘喝醉了，大家个个会争抢背她回去。

我问："没有一丁点儿想要减肥的念头？"

她说："你怎么知道我没有，偶尔还是有的，但总是坚持不到一天，第二天起床什么都忘了。"

我说："坚持下去啊。"

棍子说："你说得容易。"

棍子不是不减肥，只是觉得没必要为不喜欢自己的人去委屈自己。这话是她跟我讲的，棍子喜欢过一个男生，那个时候的她拼命减肥，体重少了很多，只是还没来得及告白，还没来得及说喜欢你，男生就有了女朋友，男生自始至终都不知道棍子喜欢他，这是我听过最悲惨的暗恋故事了。

也是从那时开始，棍子再也不勉强自己去减肥了，我劝过，但不管用。

棍子颓秃废了几个月，后来遇到了爱情，说好再也不减肥的棍子，又开始减肥了，虽然好几次失败。

　　不过后来听说，棍子结婚了，在微信群听到这消息我吓了一跳，她居然结婚了？同学的惊讶程度都不亚于我。奇怪的是结婚后的棍子居然反而瘦了。

　　这就像是命中注定一样，找到爱情的棍子，体重也跟着慢慢少了。

　　我相信每一个爱笑的人，都会有好运气，就如同每一个善良的胖子，运气都不会太差。

　　你很胖，但你很善良。

还好最后没有太糟糕

希望能发生什么，所以我们总是喜欢去回忆。为了能让自己不忘记，所以我们都在以自己的方式努力生活。为了能记录些什么，我们总是拼命去留下足迹。

初中时有一家烧烤店闻名全校，它就在我学校附近，每次去它那儿买点什么都得排好久的队。

一放学我们都喜欢一伙人约着去那烧烤店，父母不让吃这些，说它脏，但我一放学仍然会偷偷跑过去买，却又苦恼我并没有那么多的零用钱，又不能每次都叫别人请客，为了吃那里的烧烤，我学会了攒钱。父母知道我经常用零用钱买这些，为了能让我少吃这些垃圾食品，决定再也不给零用钱了，我为此还闹了半天，但不管用。

零用钱没了，又想吃烧烤，于是我在想怎样才能免费吃到那些烧烤和零食。

我决定为了烧烤去接近小黑妹，小黑妹是比我小一岁的初一学生，读的是同校但跟我不同班，学校老师同学眼里的不良少女，同时也是烧烤店老板的女儿，这点最重要。

接近她，跟她搞好关系，之后便有吃不完的烧烤，为了吃烧烤而接近女孩，亏初中那时的我想得出来。

小黑妹这个绰号是我给取的，事实上她一点也不黑，只是刚见面她就莫名其妙地跟我说，她今天刷了黑妹牙膏。于是为了迎合她我无耻地也跟着说，真巧，我今天也刷了黑妹牙膏，事实上那天我刷的是黑人。

于是我们就算认识了，从那天起黑妹就像中邪似的每天早上跑过来拍拍我的肩膀，说，今天又刷了黑妹。虽然挺烦的，但从那天起烧烤店的烧烤在黑妹的带领下我能随便吃。

黑妹初中便学会抽烟，是学校的不良少女，旷课、迟到是家常便饭，按我的原则来讲是坚决不跟这种学生玩的，当时接近她的理由就是因为烧烤，虽然说出去很丢人，但那是事实。

老师时常担心黑妹会把我带坏，可能我天生就是做好人的料，无论初中时的她多叛逆始终带不坏我，相反我们的关系越来越好，成了最好的朋友，好到我可以牵着她的手。

但在学校乱牵手会被说闲话，但她总是不在乎，我对恋爱两字开窍得有点晚，当时对男女朋友完全没有概念，觉得牵她手是把她当成妹妹而已。

虽然不知道当时被我牵着手一起去吃烧烤的黑妹是怎么想的，我常常不理解她的想法，因为她总是很怪，说一些我根本不明白的话，事实上说坏她也不会太坏，只是对不理解她的大人反抗有点强烈而已。

后来，传了一个不好的传言，说有学生吃了那家烧烤店的烧烤，因烧烤不卫生死了。这传言不知是谁传出来的，据说是一位爸爸为了哄骗自己一年级的儿子不吃那儿的烧烤，而随便编出来的话，没想到就这么被传开了。

不过学校同学可不这么想，开始对黑妹指指点点，说，你看就是她，她父母卖的烧烤吃死人了。

黑妹听到这话火冒三丈，跟那同学大打出手，老师把他们叫到办公室，但老师一点也没有站在黑妹这边的意思，黑妹原本没有错但仍遭到老师严厉批评，这是何等的不公平，黑妹压制不住火气，跟老师顶了嘴。

后来事情总算有所平息，但烧烤店再也没有了之前的生意，我也不再好意思去那吃免费的烧烤。

不过同学之间开始流传了另一个谣言，说我们在谈恋爱，居然明目张胆在学校牵手，老师把我叫到办公室询问，反复叮嘱我不可以跟黑妹玩，会被带坏，当时觉得老师莫名其妙，因此差点跟老师辩论起来了。

那时候的自己也不清楚，明明是为烧烤才接近她的，明明刚开始并不是那么想跟她做朋友，明明知道她是同学所说的不良少女。我究竟是什么时候开始那么关心她的，从什么时候开始为了那个女孩跟老师辩论说，黑妹其实并不是那么坏。

周围人都说黑妹坏，老师说，父母说，朋友说，周围的所有人都说，但我觉得她其实不坏，自始至终都觉得她不坏。她连见到受伤的小狗都会救起，喜欢小狗的女孩哪里坏了？黑妹只是缺少一份理解，更缺少一份关爱，老师跟长辈都把那份爱给了第一名的同学，但却忽略了，像黑妹这样的学生，其实他们比起别人更需要爱。

免费烧烤不能吃了，但我跟黑妹仍然是好朋友，她抽烟我看着她抽，并且我好奇说，为什么抽烟？黑妹笑了笑回答，你不觉得很酷吗？听到这话我才知道原来黑妹也是小孩，用抽烟逃课，不写作业来反抗大人，以此伪装自己已经长大的小大人而已。

黑妹她爸爸经常半夜酗酒，所以她半夜总能听到父母吵架的声音，有时候吵得太厉害两个人还会大打出手，杯子椅子摔得满地都是，这是黑妹在幼儿园时便有的记忆。

在幼儿园时黑妹总是班里最后一个离开学校的，因为父母总是很晚去接，有时候甚至不接。

黑妹一边抽着烟一边跟我讲起这些，初二那年学校附近的那家烧烤店关了，所有人都不明白为什么要关。其中的原因只有我知道，其一是因为生意不好，其二是黑妹她父母离婚了，后来妈妈跟别人跑了，不知所终。黑妹只好跟了她爸爸，她爸爸经常半夜酗酒，也不工作，一喝醉就对黑妹拳打脚踢。从那时起黑妹渐渐变得不敢回家。

那时黑妹唯一真正的朋友就只有我，因为我是唯一说她好，理解她，愿意坐下来听她说话的朋友。

初三黑妹辍学去外面打工，从此便没有回家，她爸爸找了她几天无果，后来跑来问我，知不知道黑妹在哪儿？我摇头表示自己也不清楚。

我还记得我们一起去吃烧烤的场景，一起放学却被同学说牵着手，我们在谈恋爱的时候。

之后大概有两年多没有见到黑妹，再次见到她是在广州白云区，当时我刚好在广州读书。

她变了许多，初中时的长发变成了如今的蘑菇头。我问黑妹最近在干吗？她有点遮遮掩掩似乎不太愿意说，我们之间似乎少了初中时的无话不谈，聊了几句便无话可谈了。

我问她回家了没？她说，回去了，爸爸也戒了酒，现在跟爸爸来到广州。我问她来广州干吗她便不愿意再多讲了，只说自己开了一家服装店。

之后了解原来黑妹刚刚出来打工时没多久便被骗了好几千块钱，据说当时日子苦得不得了，天天吃泡面。

她爸爸出了车祸把腿摔断了，现在只能坐轮椅，她自己也是收到亲戚的告知才知道的。黑妹想到以前那样的爸爸，喝醉酒就对妈妈拳脚相向的爸爸，有点不想去搭理他，但又想到毕竟是自己的亲爸爸，所以便回去了。

黑妹把她爸爸接到了广州，因为后来黑妹在广州自己开了一家服装店，这是我之后在微信上与黑妹聊天得知的。

知道她过得挺好，我也就放心了。

我想起了初中的那家烧烤店，我想起曾经跟黑妹一起去吃烧烤的场景，我想起黑妹跟老师顶嘴的场景。

但每当想到这些，就会让我回忆起曾经的我们，曾经发生过的点点滴滴，以及已经逝去的那些往事。

后来我问黑妹，当时辛不辛苦？初三没读完便出来打工。黑妹说，是辛苦了点，不过还好最后我们都没有太糟糕。

不需要理解，只是因为自己喜欢

小狮的梦想是走遍中国，他想去长城、西藏、北京、丽江。他说，总有一天会去的。我们都点点头，但没人真正相信有一天他真的会去，因为那时他走过最远的路程是离学校有一段距离的奶茶店。

其实小狮是个宅男，非常宅，除了吃饭上课他几乎不踏出宿舍一步，除了玩游戏还是玩游戏。也不知道什么时候开始他突然说毕业想去旅游，我们听了都只是呵呵一声，说，你先踏出这个宿舍再说。他开始认真攒钱，毕业去旅游。

他一没课就会跑去那边奶茶店，别人问他为什么，小狮死活不说。

奶茶店里的美女众多，其中一个服务员特漂亮，她走到哪儿小狮的眼睛就看到哪儿，我们想小狮大概就是为了这个去那儿的。

贱人！一个人看美女！

他很勤奋地每天都会跑那边，去了就随便地点一杯奶茶，在那坐着，什么事都不干。

小狮在琢磨着要怎么才能要到对方的微信。

那女的叫小格。

小狮想了一百个理由跟她搭话，找了一万种办法要对方的电话号码。

说手机不见了，借个手机打一下。小格似乎看出对方的用意，所以说："我手机没电了，借别人的吧。"第二天小狮又去了，他又无耻地说："手机忘带了，借一下呗。"小格说："没带。"第三天小狮又说："手机放宿舍里了，借我打一下电话。"小格终于忍不住道："你手机天天没带，是不是想要我电话号码？"

小狮点点头说，是。

小狮就这样传奇地要到她电话号码了，这是后来小狮跟我们讲的，我们听了，都不信，都说他在乱说，小狮一定是抱着那女的大腿死缠烂打才要到的。

有一天小狮看到小格发朋友圈说，以后要是谁能带着我去环游中国，我就嫁给谁。小狮看了眼睛发亮。

小狮回复她那条朋友圈说，毕业后我就打算去旅游，只是就我一人挺无聊的。小格看了眼睛发亮回复，那带我去啊！小狮看了她的回复，才决定开始攒钱，好带她去。

这成了小狮的动力，生活的目标。

一天下大雨，有人看到小狮牵着小格的手两人拿着一把伞。他们恋爱了，小狮只要没课每天都送小格上班。

隔天小狮在朋友圈发，我会带你去西藏，去新疆，去北京，去丽江，去世界的很多地方。

我们看了他跟小格肉麻的对话，鸡皮疙瘩全起来了。

无论我们怎么调侃，小狮这次好像是认真的，他真的开始攒钱，真的不玩游戏了，省吃俭用，在学校附近打起了兼职，在网上卖起了东西。

白天晚上都在工作，我们都说，小狮疯了，不用睡觉的。

小狮说，你们才疯了！

小格脖子上多了条项链，大概是小狮送的。

只要没课小狮每天都会准点去接小格下班。

临近毕业小狮真的奇迹般攒够了钱，跑到小格面前说："小格，我攒够钱了，我先带你去西藏，好不好？"

小格愣了好久没有说话。

小狮说："去不去？说还想去哪儿，都说出来，我带你去。"

小格说不出话来，眼睛湿润了，"没想到你是说真的。"

小狮笑嘻嘻地说："当然是真的。"

小格说："我说环游中国是在跟你开玩笑的，没想到你当真了。"

小狮说："不去了？"

小格说："我还有工作。"

小狮说："不是在电话说好了的，你说要去，所以我才决定攒钱的，你知道这钱我攒得不容易，你说不去就不去了？"

小格说："对不起，我还有工作，你一个人去吧。"

小狮说："你什么意思？"

小格说："就是不去的意思，就是不想跟你去了，就是不想跟你在一起的意思，明白了没？"

小狮眼泪一直往下掉。

小格说："别哭，以后好好照顾自己，我知道你一定会去西藏的，哪怕一个人，保重。"

小狮没有讲话，眼泪仍然往下掉。

小格说："这个还给你，你送我的。"

小狮接过项链，说："这个你就拿着吧。"

小格说："我不需要了。"

喜欢一个人容易，不喜欢一个人也容易，讨厌一个人更是轻而易举，它们都在一瞬间的时间里，可能只是因为一件事情，一个动作，一个表情。

那天小狮拿着项链一个人走回了学校，一边走眼泪一边流，他看到另一个男孩接了小格下班，小狮终究只是备胎，只被当成备胎。

我一个人去！我一个人去！去西藏！去西藏！

他回到宿舍什么也没说，直接躺下。

我问："真的打算去西藏？"

小狮说："真的，一定要去，是必须要去，我一个人去。"

我说："小格不去了？"

小狮说："不管她，她说不去了，但我必须去。"

听到这里我就知道了，小狮被甩了，他一直是备胎而已。

舍友沈成说："都是那个小格的错，好好地说什么环游中国，把小狮害得够惨。早就说了，一看那女的就不靠谱。"

另一个舍友说："谁叫小狮自作多情。"

小狮从床上爬起来骂道："你说什么！"

他们差点打起来，后来被我们制止了。

毕业后小狮背着大背包去了西藏，后来到了新疆。

我们劝说过很多次，但小狮义无反顾，谁也劝不住，谁也不明白为什么，曾经连宿舍门口都懒得出的小狮，现在居然去了西藏。

去了几个月小狮在那里差点回不来了，听他说钱全被骗走，只有一张一分钱都没有的旧银行卡，连回来的钱都没了。

他打电话过来，说借他两千块。

我一看是不认识的号码，下意识地认为可能是骗子，在骗钱，于是把电话关了。过了几分钟他又打电话过来，在电话骂道："陈茂荣，你几个意思，干吗关我电话？"

我说："你是谁？"

小狮说："我是小狮啊，难道你听不出我声音。"

我说："现在骗子太厉害了，谁知道你是真是假。"

小狮继续骂道："你借不借的？我的钱被骗走了，现在一分钱也没有，手机也是跟别人借的。"

于是我给他打过去两百块，过了半个小时他又打电话过来，说："才两百，你坑谁？"

我说："你这是跟别人借钱的态度吗？"

他说："好了，大哥，别开玩笑好不好？"

于是我又给他打过去了一千块。

小狮回来后我几乎快要认不出他了，我说："小狮，去哪儿流浪了。"

小狮说："就我最倒霉。"

我说："你接下来要怎么办？"

小狮说："我打算去北京。"

我听了被他吓一跳，道："你发烧了？"

小狮说："你才发烧呢，我回来就得几个星期，一个月后我就走。"

我说："为什么非要去那儿？"

小狮说："我有个朋友去了北京，所以我也要过去。"

我不敢相信地问："真的要过去？"

小狮点点头："对，她现在在北京。"小狮说的她是小狮如今的女朋友。

我说："你牛，早知道不借你钱了。"

小狮说："实话告诉你我钱没有被偷，是我急着用而已。"

我说："小狮，我现在特想揍你，早就该想到你在骗我。"

小狮说："我知道，所以看在这么多年同学加朋友的分上，再借我一千块。"

我往后退了好几步，道："晕！你怎么不去死！"

我说："北京有什么好去的，身边朋友个个去北京。"

小狮说："其实我也不想去，但没办法。"

小狮无耻地拿着我的两千块，一个月后去了北京，大家都在讨论小狮是不是傻，在路上脑袋是不是被撞坏了。

小狮在学校的时候就是这样，做任何事情都这么不可思议，无法理解，但他就是这样，也改不掉，也没必要改，因为他喜欢这样的自己。

别人理解也好，不理解也罢，有些事不需要太多理由，不需要别人太多的理解，只有你想做跟不想就行了。

小狮走的时候我在想，如果小格跟小狮在一起了，现在会不会不一样呢？想想其实都是一样的，只是路上会多了一个人而已。

不过小狮如今已经找到愿意跟他一起上路的人。

我们终究活成了自己想要的模样

　　在电影动画片甚至童话故事里都有许多逆袭的故事，比如小时候看的《丑小鸭》，初中就有这么一只丑小鸭，她有各种外号，比如地震姐、肥婆等。

　　初中时她是个胖子，每天都少不了被调侃。只要她一进教室门，全班的男生就会开始摇桌子，口里念着："地震啦地震啦。"胖子姑娘低下头有再多委屈也忍住了，默默地走回自己的座位。

　　胖子姑娘其实也没有多胖，但仍然少不了被调侃的命运，虽然初中时的我是觉得她挺胖的。她是那种非常非常普通，长相普通，各方面都普通的姑娘。

　　只要她一离开座位，哪怕只是上一下厕所，只要有走动，全班男生就跟说好了似的，开始摇桌子。那时我并没有觉得这个是伤害别人的行为，于是每次都会跟着摇，一边笑一边喊："地震啦地震啦！"

　　如今想想都觉得那时的自己是那么蠢。

　　胖子姑娘每次都保持沉默，于是我们把这种调侃当成习惯，觉得好玩就调侃一下她的胖，久而久之这种伤害别人的事情也不再认为是一种对别人的伤害。

初中是胖子姑娘最自卑的时刻，也是她人生的最低谷，先不说体育课，连课间走动都会被调侃成地震。

即使被屡次调侃但在初中的胖子姑娘仍然有喜欢的男孩，他是当时我们班上的数学组长。

胖子姑娘自卑，其实她已经对别人的调侃习以为常，只是胖子姑娘喜欢的男生也会跟着喊地震啦地震啦，这才是让胖子姑娘最难受的。

那时胖子姑娘就住我家不远处，每天一大早就能看到她在努力减肥，这让我很吃惊，难道这就是爱情的力量？

据说她每天6点就起床了，但胖子姑娘减肥的速度总是不如她胖起来的速度，无论怎么减，只要稍微一吃马上又重了，据说胖子连喝杯水都容易长胖。

胖子姑娘尽量少吃，后来干脆不吃，这让她朋友一度怀疑她是不是患上了厌食症，饿得半死，没有瘦反而胖了。

这让胖子姑娘几乎快要放弃了，她不仅要减肥学习还不能落下。后来她闺密知道了，她喜欢数学组长的事情，人人都劝告无论如何先表白了再说，但胖子姑娘对自己的胖十分自卑，别说表白，连说话的勇气都没有。

其实以前胖子姑娘并没有太强的减肥念头。只是有一天早晨，胖子姑娘鼓起勇气跟那心仪的男生打招呼，结果他直接来了句："地震姐，你好啊！"

地震姐人人都在叫，她觉得没有什么，只是从数学组长的口里讲出来，胖子姑娘听着特别刺耳。就是从那天开始她才有了强烈的减肥念头，哪怕对方真的不会看自己一眼，也要减下来。

刚开始喊着减肥的口号是挺热血沸腾，但正真要去减，并且每天坚持谈何容易。减了一个星期没有瘦，还胖了几斤。

不过胖子姑娘似乎是认真的，在暑假的时间里，每天早晨都能看到在跑步的胖子姑娘。暑假过后她真的瘦了一大圈，当她走进班级时，几乎没人认得出她是胖子姑娘，都以为她是走错班级的同学。

胖子姑娘的减肥在当时的我看来已经够逆袭了，只是减肥后的胖子姑娘仍然没有跟组长表白，我们不明白她究竟在等什么。

直到那天聚会，她鼓起勇气表白了，其实告白这种事情应该交给男生，但我也不反对女生表白。

男生愣了一下回了一句，我还不想谈恋爱。

胖子姑娘哦了一声，眼泪快要掉下来了，她拼命忍住眼泪。

其实这已经算是在委婉地拒绝胖子姑娘了，因为就在男生说还不想谈恋爱的两个星期后，男生就交了女朋友。

胖子姑娘跑过去问："不是不想谈恋爱吗？"

男孩笑了笑说："缘分到了，由不得自己。"

这是胖子姑娘第一次被拒绝，她的一切努力似乎是为了这个男孩，结果却迎来了这个结果。

事实上那天在聚会上男孩子已经很明确地说明他不喜欢胖子姑娘，当一个男孩说还不想谈恋爱的时候，这说明他不是不想谈恋爱，是不想跟你谈恋爱。

胖子姑娘虽然被拒绝但没有难过太久，她把一切怨气都发泄在了学习上，胖子姑娘学习成绩突飞猛进，考上了自己心仪的大学。

在大学里的胖子姑娘开始活跃各项社团，每天早上仍然不忘记起床跑步。曾经的胖子姑娘到了大学身材越来越好，逆袭成了女神，也不再像以前那么自卑，连爱一个人的勇气都没有。

很快她毕业了，我也很少再见到胖子姑娘。

胖子姑娘大学毕业后来到银行工作，业余时间做起了微商，据说她还交到了男朋友。

我记得胖子姑娘以前说过，她希望努力一点，然后让那些小看她的人，曾经拒绝她的人，以后啪啪打他们的脸。

再一次见到胖子姑娘是一次同学聚会，见到她时真的觉得她漂亮好多，成熟了好多，根本看不出来之前她是个胖子，一点也没有了之前胖子的影子。

她男朋友也在银行工作，身高一米八，这么好的一个男孩，是他追的胖子姑娘。胖子姑娘刚去银行工作不久就被男生表白，曾经一度不自信的她，第一次被男生告白说喜欢你。

她自己也不知所措，不知道该不该答应，她闺密都说不能答应太早，要考验一段时间，那个男孩是不是真的爱你。胖子姑娘听了觉得有道理，于是稀里糊涂地居然拒绝了，男生心灰意懒。

胖子姑娘问："你喜欢我什么？"

男孩二话不说立马就亲了上去："我从第一天见到你就喜欢你，喜欢得要命，说什么你都不可以拒绝。"

　　胖子姑娘初吻就这么被夺了，被亲完的胖子姑娘少女心泛滥，觉得那男生够帅。

　　后来二人就这么交往了。

　　在电视、电影甚至是童话故事里都有屌丝逆袭成男神，丑小鸭变白天鹅的故事，现实生活胖子姑娘是我见过，初中与如今差别最大的人。

　　不管你曾经多么糟糕，多么不堪，努力的姑娘最漂亮，时间会给你想要的东西。

　　我们终究活成了自己想要的模样。

关于三条狗的故事

不知道你觉不觉得你养的狗狗，时间一长会跟你越来越像？

都说人与人之间的相遇是命中注定，事实上不只是人，人与狗之间的相遇也是命中注定。

有这么几只狗，它们跟着不同的主人，有的甚至是没主人的，四海为家以吃垃圾为生。

但看着它们在阳光下随处奔跑，是那么的自由。

1

老爷爷养了一只泰迪，因为觉得麻烦，所以干脆名字也叫泰迪，它称霸了整个广场，其原因是暴躁的脾气，都说狗养久了会跟主人越来越像，这一点用在老爷爷身上非常妥当。

老人在附近也是出了名的臭脾气，一人一狗一个脾气，说不是一家的我都不信。

大狗见了它也得退让三分，反正它就把自己真的当成老大，走起路来都是跟别的狗狗不一样的。

老人爱多管闲事，附近的小孩都被唠叨过，所以都怕老人，更怕他家那条狗，一叫起来那个凶。

一般的泰迪就跟抱枕似的乖得不行，但老人家的狗却完全相反，一叫起来就跟小藏獒似的。

看来真沾染了老人的脾气。

老人就一个人住，过年才见他儿子回来过，有时候过年都见不到他儿子身影。

我一次遛狗遇见老人，跟他聊了几分钟。

我问："很少见你儿子啊？"

老人说："他工作忙，一年能回来一次我就心满意足了。"

每当说到这里老爷爷就特别慈祥，旁边平时不安分的泰迪也安静了。

老人摸了摸趴在旁边的泰迪，说："幸亏养了这条狗，否则会无聊死。"

这大概就是老人养狗的理由吧，因为无聊，所以老人才养了条狗，傍晚散步顺便也去遛狗。

小狗逐渐长大，虽说脾气暴躁但似乎特别听老人的话。

人与狗之间也是会有缘分的，无论别人怎么说，老人与小狗之间无论什么事情都有一种说不出的默契。

据说刚刚从宠物店抱回来一人一狗就特别有"父子相"，不仅脾气像长得也像。

这是一种奇特的缘分，只是不知道这种缘分还能维持多久。

老人跟我聊天离开时跟我说了一句，说不定哪天我会死去，那时候泰迪就可怜了。

这句话到如今我都记得。

就在一天后，一大早就听到狗叫声，听声音很明显是老人他家泰迪的，起初觉得没什么，只是不知道为什么那天的狗叫声持续了整整一天，中间停过三次，到了第二天便有人传来消息说老爷爷去世了。

听到这个消息我惊讶得不得了，平时那么健康的人，居然就一天的时间里，便离开了这个世界。

泰迪在房间里叫了整整一天，老人躺在床上一动不动，别人发现时泰迪几乎都哑了，它是那么拼尽全力地吼叫。

后来老人儿子回来给老人办了葬礼，老人的儿子不喜欢狗，没办法收养，那时我家已经有一条狗，所以也没办法养。

之后听说他把狗送给了附近的一位寡妇，寡妇起初还担心老人养过的泰迪会很凶，只是没想到泰迪一下子变乖了，不知道为什么，它大概还在以为老人会回来，所以那样乖乖等着。

偶尔会看到寡妇牵着那只泰迪，老人死后泰迪就少了以前的那种霸气，只是如今还是会让我想念起老人牵着那只泰迪的时刻。

小狗虽然很凶，人人都怕，但它是世界上唯一最懂老人的一条狗。

2

人民体育场上跑步的人越来越多，足球场也建起来了，以前有很多人遛狗，大狗小狗、名狗土狗，什么狗都能见到，简直就是狗市场。

　　自从体育场重新铺了草地，就再也不让带宠物进场，门口多了张提示牌，上面其中一条写着"宠物不得入内"，看到指示牌我多次想竖中指。

　　据说有许多狗喜欢放肆地在跑道中央上大便，结果跑步的人常常会不小心中奖，中奖的人气急败坏，道，谁家狗，在这排粪？

　　当然没有人承认，排粪的那条狗狗早已经不知道被主人牵到哪儿去了。

　　足球场建起来之后，天天有人在那儿踢球，跑道上一到傍晚便有一大堆学生妹在慢跑，夏天是一大拨穿短裤的学生妹。有一些衣服很长直接盖住了短裤，看起来就跟没穿裤子似的，然后旁边牵一只博美犬，要么贵宾。

　　偶尔还是有一两个会忽视指示牌的美女牵狗进去，结果都被保安赶了出去。

　　在广场上见过许多条狗，记忆最深的是那条只有半脸黑的边牧。

　　主人是一位断了手的青年，在一次意外失去了双手，边牧就像什么都明白似的，出奇听话。

　　由于青年没手的缘故，所以他遛狗不会带牵引绳，狗狗会寸步不离地跟着，绝对不会离主人超过五米。

　　青年没手没办法工作，没工作朋友仍然很多，人缘好，不过偶尔还是会有孤独的时刻，在无数个夜晚都是那只边牧陪在他身边。

　　他平时没事就躺在床上睡觉，边牧就躺在他床边，久而久之一人一狗心灵相通。

狗狗跟人之间也是有缘分的，在你决定要养它，把它抱回家开始，就已经注定下来。

在体育场铺新草地之前，傍晚经常能看到青年在慢跑，边牧一直紧跟在他后面。之前我也养狗，一条不怎么纯的金毛，青年的边牧一向很高冷，独来独往从来不跟其他狗狗玩，也不理我那条金毛。

但我那只金毛总是很不要脸地屁颠儿屁颠儿跟着边牧，边牧高冷得很，头都没回转过去，屁股面对。

我问："边牧养多久了？"

青年说："三四年了。"

我问："它掉毛吗？"

青年说："掉啊，所以我妈每天都打扫。"

后来我问了他N个问题，突然间感觉我问的都是废话，当然会掉毛，除了没毛的狗。其实我是想问他微信的，想想他没手，应该没微信，后来惊奇地发现他有微信。

别人狗不见了还积极帮忙发朋友圈，我在想他平时是不是用脚发的朋友圈。

本来觉得自己挺倒霉，但看到青年没有手却能活得那么好，那么开朗，自己便没有了迷茫的理由。

想想别人，自己有手有脚有工作迷茫啥！

而且他还要照顾这么一条狗，自己头脑想象着，他平时用脚打开狗粮喂狗的场景，是多么温馨。

有青年在的地方，边牧都会跟着，保持在五米以内的距离，边牧对青年来讲已经不再是一只宠物、一条狗。

它就像家人一样。

3

有一只瘸了腿的流浪狗，在大街上几次看到它的身影，四海为家，街道旁边的垃圾堆就是它的食物源与栖息所。

它们没有固定的栖息地，大街小巷就是它们的家，哪里舒服就去哪里。

白天它们出现得很少，凌晨一群流浪狗都出来了，爱睡哪就睡哪，也只有在这时它们最自由，自由到随处拉屎都没有人会打扰。

白天流浪狗不会一大群出现，与宠物狗不同，流浪狗害怕人类，大概是被伤害了太多次的缘故。

不过白天还是偶尔能看到那条瘸腿狗，以前它的腿不瘸，我时常拿着香肠去喂它，只是后来我再去喂它，它总是跑得很远。

在瘸腿狗腿还没瘸之前，它跑进小区，躺在小区的楼道口，把小孩吓得号啕大哭，父母一脚把它踹飞了，大骂，死狗！滚！滚！

这是经常有的事情。

这只狗我很久以前就见过，算了算时间，它如今是一只老狗了，虽然样子变得很脏但我认得出来。

在它只有两个月时被送到了一个十岁小男孩家里，小男孩把它当朋友，这大概是瘸腿狗最幸福的时光。

后来男孩长大了，瘸腿狗变成了看门狗，再后来一家人搬走，只留下了瘸腿狗在那里，瘸腿狗每晚会回到那里睡觉，它就这么天真地以为主人还会回来，过了一段时间附近的房子都被拆了，狗狗久久望着房子的废墟，一直不肯走，瘸腿狗从此就变成了流浪狗。

每一条流浪狗它身上都有一个不为人知的故事，它们曾经或许被疼爱过。

瘸腿狗穿梭在大街小巷中，瘸了一条腿但似乎并不妨碍它奔跑，即使是一瘸一拐。

看着它们在阳光下随处奔跑，是那么的自由。

其实我们都爱故作坚强

前天晚上朋友小张发微信过来，问我，要不要出来吃夜宵，我看了看时间，发现已是晚上12点钟了。

我觉得很奇怪，他为什么突然会约我？我跟他毕竟也有一段时间没联系了。

原本不想去，但又找不到拒绝的理由，所以就去了。

小张是我初中时的死党，又刚好是我同桌，所以在当时我们便很聊得来。

初中那会儿我们在一起讨论最多的是，班上哪个女孩最漂亮，哪个女老师胸部最大。我们有事没事就喜欢瞎扯，能从一部普通的枪战电影瞎扯到世界末日，然后再从世界末日扯到班长今天穿什么内衣的问题。

只是我们初中毕业后，渐渐地联系越来越少。

这次他突然约我，倒是让我觉得挺奇怪的，我问他为什么不打我电话，他皱了皱眉头狠狠地瞪着我，说："你说呢？"

这时我才注意到我手机停机了。

小张说："手机拿到停机了也不知道，你真够行的。"

我不好意思地说："抱歉，没注意，刚刚才停机。"

小张说："还是跟以前一样宅？"

我说："哪里宅了，我现在可一点都不宅。"

这时候已经凌晨1点，除了我们两个，大街上连个鬼都没有，我们在大排档面前停了下来。这时候也只有麦当劳跟一些大排档、酒吧没关门，所有睡不着的人都在这里。

点完餐我们找了个位置坐下来。

我说："听说你读大学了，读了什么专业？"

小张说："什么叫作听说？我就是在读大学好不，所有人都说我考不上，你看我考上了。"

我说："哈哈，我可没说你考不上。"

小张说："我早说过我很聪明的。"

小张喝了口酒又说："对了，奕翰，你——还记得大嘴吗？"

我狐疑地问："大嘴怎么了？"

小张说："对啊，就是那个当时坐在我们前一排的同学。"

我说："知道啊，他怎么了？"

小张说："他当了理发师，怎么也没想到吧，那家伙现在可好了。"

我问："他现在怎么样了。"

小张说："不知道啊，我也好久没见他了，我估计他正在哪儿泡妞呢！"

我说："理发店哪有妞可泡？"

小张说："怎么没有了，多着呢！"

说到那个大嘴，他初中只读了一半，就不读了。在学校横行霸道，到处欺负人，好在那时我跟他混得来，所以他的欺负对象里没有我，但小张经常被他欺负，所以小张是恨透了他。

由于他在学校太叛逆，连老师都敢顶嘴，是学校经典的不良少年。

本来我跟他并不要好，只是有一次我帮过他追了他喜欢的姑娘，虽然那姑娘他最后没追到，但从此大嘴就把我当兄弟一样了。

其实那姑娘我也喜欢，当时也并不是在帮大嘴，只是他以为我在帮他，所以拼命感谢我，最后无耻地被我追到了。

不过这是在大嘴离开学校之后的事情了。

有一天大嘴他突然跑过来说："奕翰，明天我就不来了。"

我狐疑地问："不来是什么意思？"

大嘴说："就是不读的意思啊！"

我说："不读书了？"

大嘴用力地点点头。

我问："那你出去后要干什么？"

大嘴说："什么都可以干啊！"

于是大嘴就这样真的离开了学校，从此再也没有回来过，没想到现在去给别人剃头发。

吃完夜宵小张已经喝得不省人事，我早料到他会喝醉，所以我一口都没喝，好送他回去。

我并不知道小张一直喝酒的原意。

我扶着他，他开始讲胡话了。

"凭什么大家就说我考不上大学！她又凭什么离开我，那个人比我强多少？凭什么大家就说我不行！"

"你知道我有多爱她吗？喜欢着她的一切，给她买东西，给她过生日，我什么都给她了，可到头来我什么都没有。"

我不知道小张口里的那个她说谁，不过大致可以想到，小张是失恋了。他摇摇晃晃地走着，我开始有点后悔跟他出来吃夜宵了。

第二天不是闹钟叫醒我的，而是皮皮爬到床上把我咬醒，原来养狗还能起到闹钟的作用。

说到那个小张，他能读大学也不容易。在初中那时候，他是天天都被别人欺负的倒霉鬼，而且成绩也是垫底的，本以为他会直接出来给别人打工，不读了。

谁知道所有人都没想到，到了高中他学习成绩突然变好，后来还奇迹般考上了大学。

大学里他喜欢了个姑娘，小张对她百依百顺，女孩说什么小张做什么，小张以为这样就能永远在一起，后来女孩还是提出了分手，她喜欢上了别人。

这是后来小张微信上跟我说的。

我知道我们每个人其实生活得都没那么光鲜亮丽，总有一些尴尬，你不想告诉别人，生活总有一些小挫折，你不想跟别人诉说。

我们在朋友面前总爱故作坚强，把所有的不快都放在酒上，而没有放在嘴上。我们都希望久违的朋友见到自己的时候是自己最好的状态，最好的一面。

明明毕业了找不到工作，已经遇到了问题，却说没什么，可以解决；明明每天都要早起去赶公交，而且是不停地熬夜，然后在家人面前说没问题；明明已经失恋，却说是自己甩掉那个女生的；明明生活有一些小小的挫折，但我们依然假装没事。

其实我们都爱故作坚强。

每个人其实都在努力生存

无论你以哪种方式生活，在地球的哪个角落，伤心还是高兴，是在恋爱还是失恋，我敢保证地球上一定不止你一个倒霉，没有一个人能真正轻松，其实我们每个人都在努力生存。

1

我们小区有两家小卖部，本来只有一家，后来新开一家，把另一家的生意全抢了。我们暂时称它们为一号小卖部跟二号小卖部。

可能是地理位置问题，或者是老板问题，反正二号的生意更好，平日里老人小孩最爱在二号店门口乘凉，小孩很多，小狗也很多。贵宾在门口溜达，被小孩摸来摸去，抱来抱去，有一些被摸得毛快要掉光了，主人跑过来心疼了半天。

一号小卖部大概开到夜里12点就关门，二号无耻地开到1点半都不关。

大家都觉得这个老板挺轻松，日子过得挺好。

从自己眼里看他人，别人过得总是比自己好。

然而他开到凌晨1点都不关门多半不是为了赚多一点

钱，而是为了玩游戏，老板是个游戏狂，还爱养狗，家里养了两条藏獒，他家不在这个小区，藏獒站起来比人都高，小区不让养。藏獒绑在庭院的树里，由于那树不够粗被拉断，跑出去咬伤了人，赔了三千块。

这是他自己讲的，他平日就喜欢坐在门口跟别人瞎聊。

半夜没东西吃又嘴馋，忍不住跑下楼买东西，老板一见到我就说，你每次都是等到我快要关门的时候来。

我在冰箱翻了翻不知道买什么，瞬间患了选择困难症。

令我吃惊的是，今夜老板居然没有玩游戏。

"你很会玩游戏？"

"以前玩游戏赚了一万块。"

"比赛？"

"是啊，替别人打的。"

"那时一个人在深圳拼死拼活。"

我在冰箱拿了八宝粥，付了款，老板对我说："你小区出入的卡到期了没？"

我顿了顿，说："还没……吧。"

老板说："是一年的还是一个月？"

我说："忘了，一年的吧。"

老板说："可以到我这儿来充。"

我一时没听清楚："什么？"

老板说："可以到我这儿来，一样，一年而且更便宜，只要三百。"

我说："自己偷偷弄的？不怕被小区的知道？"

老板说："只要你不说。"

我听了想，晕，想赚钱想疯了。

老板说："要不要充？"

我找不到托词，所以说："到时候再看看。"

第二天晚上去买东西老板又问："怎么样？要不要充？"

晕，这是非要我充的节奏！

我说："现在时间还很长，卡里还有一百多天。"

老板说："哇，还有这么多天，没事慢慢来，到时候再充也行。"

我拿了牛奶付了款，走了。

我想了想，他这样做也没什么不对，其实现实生活中有很多事是很难分清对错的，我们最先看到的一定是自己，我们都只是为了更好地生存在这地球上，所以每个人都在比谁过得更好。

后来我觉得还是他那里便宜点，所以无耻地拿着全家人的出入卡跑过去统一给他那边充值。

2

我还在广州读书时，学校附近的奶茶店客人天天爆满。

那家奶茶店向来都要等，是人太多，但就是有这么多人愿意去等，也不愿意去另一家没人的店。我觉得大家喜欢的是这个气氛。

我在不远处看到一位穿着西装的青年，他在推销自己的产品，被拒绝。

青年向我们这边走来，在我同学身旁停下。

青年翻了翻背包，拿出来一支圆珠笔。

"要不要看看这个，这圆珠笔的圆珠是不会掉的。"

说完在地上用力地敲了敲，说："看，还能写，神奇吧。"

我们瞬间没话了，所以频频点头，"神奇!神奇!"

他又从背包里拿出来一个类似黑板擦的东西。

青年说："这个更神奇，它能擦掉任何笔迹。"

青年拿起笔在桌上乱涂乱画，拿起类似黑板擦的东西，一擦瞬间干净了。

青年说："神不神奇？"

我们又频频点头："神奇！神奇！"

同学故作深沉地问了一句："这个多少钱啊？"

青年说："一套一百八十元。"

我们一听一百八十元，拿着奶茶跑了。

"我晕，一百八十元，他怎么说得出口。"

同学说："感觉没人会买，如果便宜一点还好说，比如——两毛钱。"

我说："晕，你比他还不要脸，两毛钱？一颗棒棒糖都不止两毛。"

同学说："但我买完奶茶身上如今只剩两毛。"

我说："奶茶买给谁的？不要告诉我你买给自己，你向来不喜欢吃这些。"

同学笑嘻嘻地说："给喜欢的女孩。"

同学惨遭拒绝，女生根本不要，并且在电话回了句：

"自己吃吧，我不要，以后也请不要买东西给我。"

我看到同学把奶茶扔到了垃圾桶。

我说："晕，扔什么扔，不要给我啊！"

我们走远了，我回头看到青年的背影，他又走向其他地方，他继续在推销着自己的产品只是被拒绝得更惨一点。

这让我想起了《当幸福来敲门》的主人公Chris Gardner，老婆离家一人照顾儿子的落魄业务员，虽然辛苦但从未放弃。

在自己眼中别人似乎都过得挺滋润，事实上我们都没有看到他们滋润背后的苦难。每个人都有他的不易，只是不会把他们的不易告诉你。

如果你觉得自己倒霉，那我敢保证地球上一定不止你一个倒霉，没有一个人能真正轻松，其实我们每个人都在努力生存。

找到那些做起来能让自己开心的事

这几天心情突然变得很不好，但又讲不出原因，大概有时候是觉得时间太快了，快到自己没办法控制。

从小学到初中到中专到后来毕业到如今工作，就像是一眨眼的事。

毕业后避免不了失业，更加避免不了跟同事不和，因此有好一段时间我的心情都是焦虑的。

有时候一个下午都在百无聊赖地翻着还没看完的书，翻着翻着我便睡着了。老弟的电视依然播放着喜羊羊的动画片，他一整天都在看那个，电视声放得很大，睡着了也能隐约听到电视的声音。

之后重复地去翻一本书，吃饱后撑着翻了足足有一个小时。但无论已经翻了多少次，依然看不完，其实是因为没心情，不论书的内容有多精彩，我始终看不下去里面的文字。

我在想，时间它是慢的还是快的？如果是慢的话为什么有时候你会觉得它很快，如果是快的话那为什么有时候你会觉得它又很慢。

我想，你觉得慢大概是因为无聊，你觉得快而感到焦虑大概是因为时间过了，要做的事情还没有做完。

记忆最深刻的是以前小学上课时一直数着下课时间，结果发现怎么数都不下课，上课的那四十分钟长得要命，我一旦认真听讲时间就变得很快，即使知道这样我每次上课还是会数着下课时间。

然后像傻瓜一样数到最后一秒，睁开眼睛，心里默念下课，结果发现下课铃还是没有响。

时间的快慢有时候是跟你的心情有关，都说快乐的时间总是很短，痛苦的时间哪怕一分钟你都会觉得很长。

写作业你会觉得很烦，背英文单词你会觉得不想背，考差了成绩挨了骂心情也好不了，然后一整天就真的变得很倒霉，喝水都塞牙。

不过有时候心情就是能决定很多事情的，保持一个好的心情，做起事来都会顺利。

改变不了的事情既然改变不了那为什么要让那些事去影响自己，心情好坏都取决于自己，你的心情也决定不了时间的快慢。

心情的坏与好都决定不了一切，所以不用再焦虑什么，全心全意去做那件你觉得最喜欢的事情。

焦虑就是闲得没事干的缘故，让你有时间胡思乱想，忙起来便没空想太多了。

焦虑的时候常常有，并且有时候是莫名其妙的，自己也不知道在焦虑什么。

　　所以最好解决焦虑的方法就是让自己忙起来，当然要忙一些有意义并且是你想做的事情，否则一切就成了瞎忙。

　　我有个朋友A，他平时总是觉得自己很不好，大概是工作的压力，或者是其他地方，平日见得最多的就是他愁眉苦脸唉声叹气的模样。

　　好像全世界都对不起他，不知道的人以为他女朋友被别人抱走了。

　　焦虑，愁眉苦脸觉得自己很不好，这些都很正常，难免会遇到，但我们要学会找到自己消除烦恼的方法。

　　有些人的方法很简单只要听听歌，有些人打一场游戏便豁然开朗，有些人去山上大喊，骂一大堆领导的话。

　　方法千千万万种，要找到自己的方法，其实就是找到那些做起来能让自己开心的事。

　　不过还是会避免不了烦恼，但我们要学会，如何保持一个好的心情。

　　前几天刮台风，但那天风似乎没那么大，台风过后的几天里就开始下起了暴雨，把许多地势比较低的地方都淹了。

　　那天翻了翻朋友圈，到处都是水淹进家的小视频，在那样的暴雨里，居然还要上班，于是在心里诅咒了经理N次，难怪活到三十多岁还单身，多次暗地里骂他。

　　有一度我非常不爽，其实是因为工作原因，后来发现做你不喜欢的工作，是一件多么吃力的事情。

　　做自己喜欢的事情时是最幸福的，如果喜欢的事情也能给你带来收入来源那简直是一件幸福得不得了的事。

　　但如果不能，也请继续做那件能让你开心的事，就像在奔跑中的小狗，它是那么尽全力奔跑。

　　摩西奶奶说过，人生每一段岁月，都应该被灿烂包围，每一段时光，我们都不应该辜负。

　　你平时喜欢刷朋友圈，喜欢跟朋友鬼混，看一些无聊的肥皂剧，即使不停地工作，表面很充实，后来你发现你还是迷茫，还是会焦虑，工作了一整天都不知道自己真正想要什么，人生很长但能做自己喜欢的事的时间却越来越少。

　　找到那些做起来能让自己开心的事，并且全力以赴。

　　愿你能一直做自己喜欢的事，并且爱着你身边的一切。

没能留在你身边的，都是因为不够爱

　　有一些事我们就是意料不到，但生命总会遇到那些意想不到的事情，曾经这么相爱的两个人，如今说分开就分开了，没有和好的可能，说不爱就真的不爱了。就像刚刚打算出门，外面就突然下起了瓢泼大雨那样让人猝不及防。

　　爱哭女孩是泪点特别低的人，看什么电影都能看哭，只要那电影有催泪的情节，都能哭得好像一切都是发生在自己身上一样。看到男女主角分手，男主角还没哭，爱哭女孩就先哭个没完没了。

　　所以我们都很怕跟她看电影，特别是看催泪电影，她的哭声总是来得猝不及防，比看恐怖电影还恐怖，连看个《金刚》都能哭。

　　就是这样一个泪点超低的女孩子，也有男朋友。

　　那男生留着小辫子，我们叫他小马尾。他在学生时代留短发时是风靡全校的人物，会唱歌，吉他弹得一流，身高一米八二，更没有天理的是还长了一张小鲜肉的脸。追他的女生数不胜数，所以我们这些人也只能在旁边看着。只是此人过于固执，把追求他的女生都给拒绝了，连当时的校花他都给拒绝了。

67

拒绝的理由是，她们不是我喜欢的那一个。

不过小马尾一旦讲起爱哭女孩，眼睛就扑闪扑闪地发着光，他说爱哭女孩虽然泪点很低，看电影容易流眼泪，事实上现实生活中的她也并不是那种软弱的女孩。

小马尾似乎对她是认真的，从他那一脸认真的表情，还有对爱哭女孩百依百顺，只要是她想要的，小马尾总是能千里迢迢赶来拿到她面前。我估计如果爱哭女孩说要非洲的狮子，他都会冒着生命危险去抓。

都说喜欢一个人连兴趣爱好都会跟着改变，比如小马尾从来不看电视剧，但为了爱哭女孩，他居然也看起了肥皂剧，之前最讨厌的言情小说，小马尾居然看了好几本。

看他们的朋友圈各种秀恩爱，分明是故意来虐死我这个单身狗的。自从小马尾跟爱哭女孩交往后，每看完一部电影，他都得换一件上衣，因为每次她都会把男孩衣服给哭湿。

爱哭女孩说不喜欢男生留长发，小马尾便毫不犹豫地为了她把留了几年的小马尾剪了，剪完头发的小马尾，仿佛又回到了学生时代的小鲜肉。

追小马尾的女生那么多，但小马尾唯独喜欢爱哭女孩，看爱哭女孩时眼睛里总是发着光，连吃个饭他都是喂来喂去地让人受不了。

爱哭女孩除了哭比较厉害，撒娇的功底也很强，有一次他们出去玩，结果爱哭女孩崴了脚，然后她哭哭啼啼说要小马尾背，小马尾乖乖地全程背着她走。

小马尾几乎把爱哭女孩宠上天了，让她头一次觉得自己当了回公主。

　　但两个人相爱，那份爱是需要平衡的，如果不平衡，感情就容易失衡，只是一味地付出，一味地对对方好，这样对方迟早会腻。

　　我说："你不怕吗？"

　　爱哭女孩说："怕什么？"

　　我说："你男朋友身边围着那么多女的，你不怕？"

　　爱哭女孩说："怕什么，他那么喜欢我，不会做背叛我的事。"

　　我听了点点头，也这样觉得，真的就以为他们会这样一辈子在一起，只是那时小马尾没有意识到，他们之间慢慢地关系变得越来越远。

　　只是他们分手分得太突然了，这个消息让所有人都不敢相信，在我们看来是天生一对的两个为什么突然分手了，我问过小马尾但他死活不肯说，我觉得这中间肯定有不少秘密。

　　我曾多次问小马尾跟爱哭女孩分手的原因，他总是闭口不言，我跑过去问爱哭女孩结果她只是回了一句，不爱就是不爱了没有什么理由。他们两个的事情我这个外人本来是不该多问的，不过出于好奇心，我还是想知道他们分手的理由，他们的问题究竟出在哪儿？

　　后来听说爱哭女孩去了北京，她说，要在北京发展她的事业，之后好久都没有再看到她。小马尾在深圳继续他如今的工作，顺便在酒吧兼职当歌手，他跟往常一样似乎并没有什么变化，但其实我知道，他仍然忘不掉爱哭女孩，不然那些曾经他们的合照，为什么一张都没有丢掉，整整齐齐放在抽屉里，晚上一个人忍不住翻出来看着相片掉眼泪。

看着小马尾这样其实我也是挺心疼的，那一晚小马尾下班找我喝酒，我一直在劝他干脆去找新的女朋友，天下何处无芳草啊？结果男孩喝着手中的酒说，我不想将就。我回他，那你就打算想她一辈子？你们到底发生了什么？

那天晚上小马尾喝醉了，他在喝醉的情况下把一切都说了，虽然说得迷迷糊糊，但大致听得清楚。

小马尾说："我们分开是由于八字不合的缘故。"

我狐疑地问："什么八字不合？你们去算命了？不会吧！现在都21世纪了这个都信？"

小马尾说："我们没有算命，这是她爸爸去算的命，说我们有缘无分。"

我问："那她还爱你吗？"

小马尾说："当然爱啊！"

我听到这里就火了，明明不是这样的，爱哭女孩根本就是在骗小马尾。就在前几天我无意中看到朋友在刷朋友圈时，看到了爱哭女孩发的朋友圈跟另外一个男孩亲密的合照，手牵手脸与脸几乎就要碰在一起。我翻了翻发现我的朋友圈看不到，大概她把我也给屏蔽了。如果还有爱，那为什么这么快就找新的男朋友？还是为了八字不合这种极其荒唐的理由。

虽然我身边的的确确有因为父母说八字不合而分开的情侣，但我始终觉得，如果还有爱的话，就不会这么轻易放弃对方。

一直以来都觉得爱哭女孩是很单纯的姑娘，一直以来都觉得小马尾会跟她谈一辈子恋爱，可是现实总是让人意想不到。

后来我在微信问了爱哭女孩，想为小马尾讨回公道。可是谁知道她差一点就跟我吵起来了，甚至让我一度怀疑，跟我聊天的还是不是爱哭女孩。

我说，为什么要骗小马尾？明明是你自己出轨，你为什么不直接跟小马尾说清楚？

爱哭女孩直接来了一句，不想让他伤心，我只有用这种方式来骗他。

我一听差点晕了，还真是小看她了，没想到是这么有心计的女孩。我回了条，一直以来都觉得你很单纯，看来是我看错了，我真的为小马尾感到不值，你知道吗？小马尾一直都觉得，你现在还爱着他。

后来事情不了了之，我没有再回她，她也没有再回复我。

其实我想小马尾自己也感觉到了，他们之间在无形中越走越远。

爱哭女孩以前看电影总会哭哭啼啼，把眼泪鼻涕都流在小马尾衣服上，小马尾说的每一句话，她总是那么认真地听。直到有一天，爱哭女孩跟小马尾看电影不再哭哭啼啼，而是心不在焉，时不时看手机。直到有一天，小马尾说了半天关于未来的计划，结果却发现她根本没有在听。

这一切的一切已经说明，他们的爱已经没有了。曾经这么相爱的两个人，如今说分开就分开了，没有和好的可能，说不爱就真的不爱了。就像刚刚打算出门，外面就突然下起了瓢泼大雨那样让人猝不及防。

那个长得很高的姑娘

那时的我们都天真地以为我们不会长大，会一直保持那个样子，小莉永远都会在那家小卖部卖零食。

时间会让我们变成更好的人。

小时候有一家小卖部挤满了人，生意好得不得了，从早上到晚上几乎没停止忙碌，我几乎都怀疑，他们的东西是不是都不用钱的，所以才那么多人。于是我跑过去排了一下午的队，拿了东西就走，结果被抓了起来，骂得好惨。

老妈自己也在开小卖部，但我还是会去那边。

我在那儿经常买弹珠，其实主要就是去看小莉，当时小莉给我的感觉是那种可望不可即的女孩。

我拿着一袋子玻璃球回家时，老姐总会用余光看看我，说一声"幼稚"。那时我实在不知道要怎么跟老姐解释玻璃球的乐趣，所以从附近拿了一副墨镜再拿了支铅笔当作烟，假装很酷地脚踩在椅子上，说了一句，男人之间的游戏，你们女人不懂。

然后老妈走过来看我嘴里叼着铅笔，会把铅笔从我嘴巴抽走，说铅笔很脏，结果就这样被骂了一个下午。

刚开始弹弹珠我次次输，但后来学聪明了，每次都是我赢，赢了一大袋回去，累计起来能放一箱，我把附近所有人的弹珠都赢了个遍，可以说是弹遍天下无敌手了。

当时觉得神气极了，有种天下都是我的感觉，我带着一群小孩，每人手里拿着一根雪糕，一边舔一边走。

后来我给我们起了个队名，叫雪糕大队，所以每次我都得跑到老妈店里偷偷拿雪糕出来，否则怎么叫雪糕大队。那个月妈妈很郁闷，为什么雪糕总是莫名其妙地减少。

后来被发现了被骂得很惨。

于是我改名了，叫棍子大队，每人手上拿着棍子，到处巡逻，故意在小莉那附近逛，嘴馋了就每人凑点钱到她那买辣条，顺便看看小莉。

那家很热闹的小卖部我天天去，不买东西也去排队，我觉得她是附近最可爱的，但在她面前我总是自卑，原因是我比她小，还比她矮半个头，在她看来我就是小弟弟。

排到队后，她问，要什么？当时小小年纪的我，不害臊地来了一句，要你。

结果我被她妈妈追着打。

我一直觉得可惜，小莉读的是其他学校。我一度吵着让老妈帮我转学，但老妈不理我。

据说小莉学习成绩永远第一，墙上贴的全是她获的奖状，从一年级到如今。我想她那样贴下去，整个墙都是奖状，说不定以后到了大学她家有白色的墙都被贴满了，一进家门全是奖状，说不定厕所都是奖状。

小莉她妈妈这是要把奖状当墙纸用的节奏，别人问起就

73

说这是新型的墙纸。

小莉在当时就是那种别人家的孩子，什么都好，而且还漂亮。

小时候太爱幻想一些东西，想象力太过丰富，觉得那些东西总有一天真的会实现，并且根深蒂固地以为，长大后就一定会梦想成真。就如同当时像傻瓜一样幻想着以后小莉会成为我新娘，她穿着婚纱，别人给她带上戒指，我突然闯进来，一手把新娘拉跑，很酷地说了一句，跟我走，然后新娘就逃婚了。我看当时老妈看的偶像剧就是那么演的。

有一天小莉居然跑来找我，她站着比我高半个头，我觉得这是非常耻辱的事情。

小莉说："你家养的是啥狗？"

我说："不知道啊，大概是没有品种的狗。"

小莉说："叫什么名字？"

我说："小莉。"

小莉说："我是说狗的名字。"

我说："阿黑。"

我顿了顿，说："你怎么会知道我家有养狗？"

小莉说："看到你遛狗，所以好奇。"

我说："好奇它是不是跟你同名？"

小莉说："你别打岔，我以前也养过一条狗，跟你那条很像。"

小莉的那条狗从小陪着她，小莉出生时小狗就在了，十年过去了，它变成了条老狗，直到有一天老狗的眼睛再也睁不开，小莉为此哭了一晚上。

我发现小莉很喜欢狗，于是为了迎合她我也说自己非常爱狗，事实上那时我很怕狗，而且我压根没养狗，也不知道她把哪个人认成是我。

为了谎言不被拆穿我打算去养狗，但老妈根本不让，然而我无耻地抱着妈妈的大腿，你不让养我就不分开。

老妈大喊："养你就够累了，还养狗？要养狗就把你扔了。"

我一听发现妈妈是铁了心不让养，于是想办法怎么跟小莉交代。她说要来看狗，我从奶奶家牵了只大狗，暂时先敷衍一下，她问起为什么变那么大？我就说，被坏人打了激素，一夜之间就变大了。

这听着似乎有点科幻，不过她居然相信了。

我们两个人牵着这只大狗别提多神气，只是别人看到我们，总是说，跟你姐在遛狗啊。小莉比我高了半个头，看起来真的像我姐。

当时我最大的愿望是长到比小莉高，只是不知道为什么小莉似乎比其他同龄女生都要高一点，本以为过了一年我就能高过她了，谁知道比量后发现还是她高。

为此我气了一天。

到了六年级她不出所料地变成了全年级最高的女生，一直以来都觉得女生不用太高，太高的女孩以后容易嫁不出去，觉得小莉挺漂亮就毁在了她太高上。

我开玩笑地说，小时候还喜欢过你，结果小莉回了一句，嫌弃你不够高。

不过到了高中小莉让人意外地长到了一米七五，站在她面前我还是有各种自卑，更让人意外的是她交到了一米九的男朋友，站着小莉就比他矮一点。

她妈妈对小莉严格，不让她高中谈恋爱，认为这是耽误学业，所以小莉跟那男生偷偷地谈。但事实上在谈恋爱状态下的小莉在学习上反而更努力了，其原因是男生成绩也很好，小莉并不想落后。

后来二人不出意外地考上了同一所大学，是一对让人羡慕的情侣。

就在让人觉得他们会一直恩爱下去的时候，二人居然分手了，分得不明不白，谁都不知道他们分手的原因。只知道那一晚小莉喝了很多酒，然后就说，自己分手了。听到这里所有人都不信，那么适合的一对，为什么就这样分了。

小莉失恋了，那个小时候在我们看来可望不可即的女孩失恋了。

自从失恋小莉开始狂饮暴食，仿佛吃东西就能缓解失恋的伤痛。幸运的是小莉是那种吃不胖的体质，吃了那么多也不见她胖多少。

身边有不少跟小莉一样失恋的人，一失恋就在朋友圈发伤感句子，但是没过多久他们又开始在朋友圈秀起了恩爱，开始了新的恋情。

无论你此时此刻多痛苦多不理解，你终会从中走出来，然后遇到一个喜欢你的人跟你喜欢的人。

小莉并没有颓废多久，很快又好起来了，小莉虽然漂亮，不过一般男生都不敢追她，就是因为她一米七五的身高。

不过这不代表她找不到男朋友，仍然还是有不少男生追求她，只是都被小莉一一拒绝，小莉还是那么高冷，对任何事情包括爱情从不将就。

从小小莉就很高，我想起了以前她帮她妈妈照顾店里的生意，然后我们有事没事就去捣乱，就为了引起她的注意，不过小莉总是一副很高冷的样子，对我们爱搭不理。

那时的我们都天真地以为我们不会长大，会一直保持那个样子，小莉永远都会在那家小卖部卖零食。

时间会让你成长得越来越好，愿你能找到爱你的人跟你喜欢的人。

玩漂流瓶的都是什么心态

跟陌生人聊天，也是一件很有趣的事情，因为互相不认识，不知道长相，不知道名字，却偶然聊了起来，如果可以还能互相说各自的烦恼，都不用怕秘密被发现。

这是一种多大的缘分。

1

最近玩起了微信的漂流瓶，结果总会收到不同的内容，有些人高兴了发瓶子，有些人伤心发瓶子，烦恼各种各样，内容各种各样。后来发现其实我们终究是因为孤独，希望有一个陌生人，能跟你聊聊天，因为也只有跟陌生人能够那么肆无忌惮地跟他聊，也不用怕秘密被发现。

昨晚捡了许多漂流瓶，有跟自己老公吵架离家出走的，结果她离家出走一个星期，一个电话都没收到，觉得回去又丢脸，不回去又不好，卡在中间，所以才在漂流瓶发起了瓶子，只是刚好被我捡到。

还有一个漂流瓶里写着，最近烦恼很多。

我问她是什么烦恼？她说跟公司经理闹了矛盾，估计明天可以不用去上班了。我想了想我跟她居然是同样的烦恼，前几天我也刚好跟经理吵了一架。我们住在中国不同的城市，却有着一样的烦恼。

我问她是做什么工作，她说是银行，听到这里挺惊讶，发了一句，哇。她说，别，都知道围城。

在我看来银行是一份很好的工作，但她却说银行是围城，大家觉得那里工作好，想进去，进去的人都想出来。

我问为什么，她只回了一句，不想再解释太多，反正就三个字，没人性。

她用没人性形容了她的工作，可见她对银行这份工作是多么恨之入骨，其实应该说是多么的不喜欢！

后来我们互关注了微博，我发现她是某歌星的歌迷，因为我看到了她有多条关于这位歌星的微博。我翻到她以前的微博，看到了她去看他的演唱会的微博，那里还附上了她跟一个男孩的自拍，男孩牵着女孩的手，那男孩大概是她男朋友。

后来她说，那是她读大学时去看的演唱会，还是跟男朋友去的。我问她如今还在交往吗？她说已经分手了，但那条微博她始终是不忍心删掉。

我问她，那个男孩现在怎么样了，你们分手后没有再联系？她说，男孩已经结婚了，就在他们分手的一年后。

女孩去参加了他的婚礼，其实我知道她是一点都不想参加的，她如果已经忘记她前男友，就不会有那条微博。

后来她跟我说，本以为可以轻易地随便忘记一个人，但后来发现，原来忘记一个曾经深爱的人，是多么不容易。

她说她也快要结婚了，已经放下，但那条微博她始终不忍心删掉。我不知道是因为这位歌星的演唱会不忍心删除，还是因为她前男朋友。

我问她，为什么不删？她只说了一句，觉得删掉太可惜了，如果真的放下那就不必特意在意那张合照在不在我微博里。

后来再去翻她微博，发现那张跟她前男朋友合照的微博还是删掉了。

在微博上聊天据她自己说她把银行的工作已经辞掉了，换了另一份工作，虽然工资比之前少很多，但却是自己最喜欢的。

这大概是她最想要的生活。

2

有个漂流瓶写着"失眠了"三个字，那时我正好也失眠。

我回复说，我也失眠。她问失眠原因，我说，就是睡不着，如果非要说原因那是我在为工作失眠，接着女孩发来，说男朋友出轨了。

女孩说，她跟男朋友在学校时就交往了，男生是大她一届的学长，如今已经相恋三年，但男朋友说出轨就出轨。

女孩在一次跟闺密逛街时居然碰到了她男朋友，牵着别的女生的手，女孩一下子崩溃了，冲上去一句话不说就扇了那女生一个大巴掌，后来二人扯起头发来，女孩子打架似乎都喜欢扯头发，这让我想起来以前小学时，女同学之间打架也是互相扯对方头发。

他男朋友就在旁边看着也不知道要怎么办了，场面十分尴尬，打完架的女孩走过去扇了男孩一巴掌，走了。

女孩一边走眼泪一边掉，她闺密怎么劝都没用。

女孩说因为心烦所以才无聊发了个漂流瓶，没想到真的有人捡到。

我说，这都是缘分。

我回复她的时候她正好想关手机睡觉，就收到了漂流瓶的信息。

但我们就这么一次聊天，之后再也没有聊过。

陌生人聊天最有意思的是我们互相不认识，不在同一个城市，可能就聊这么一次，却一样有着烦恼，互相交换烦恼，这就像是命中注定一样。

3

无聊的时候会去捡漂流瓶，经常捡到一些垃圾信息，比如上面写着，"好寂寞，不想再一个人了，能不能来个人陪我"之类的信息。我会恶作剧地发一句，我带我家阿旺陪你。这时候她会叫你加QQ然后说自己微信被限制了。这绝大部分是诈骗信息，一般都会一律无视。

不过也有例外，有个漂流瓶写着，要不要买片。我邪恶地回复了一句，买你好不好？之后她发来了好长的省略号。

当然也有捡到一些正常的漂流瓶，是个十一岁小女孩的，她说她用的妈妈的手机。

女孩发来信息，说："刚刚跳完芭蕾舞，现在在休息。"

我回："你是芭蕾舞演员？"

她说："在学。"

十一岁的她读四年级，平时各种兴趣班让她有点喘不过气，她妈妈年轻时想当芭蕾舞演员可惜没有当成，所以她便把这个梦想放在了女儿身上。

小女孩说："我不喜欢芭蕾舞，但妈妈非要我学。"

我说："有没有跟她谈过，说不定她就同意了呢？"

小女孩回了条："不可能的，我妈妈不肯，妈妈说不能输在起跑线。"

我想起了我小时候，是那么自由自在，如今那种自由自在对大城市的小孩，是越来越少了，因为大家都说不能输在起跑线，起跑线变得如此重要，小孩的快乐变得如此不重视。

小女孩说小时候父母经常为了她吵架，有一次是大半夜她突然被吵醒，在一旁吓得哭了很久。

这种场景在她眼里渐渐地变成了习惯，习惯父母的争吵。

女孩继续说着她的烦恼，我不知道该怎么去安慰她。小女孩说，她这次考试考砸了，被爸爸骂得很惨，眼泪不停地掉。我说，以前小学我考试也经常考砸。之后她问我小学时经常考什么分数后，她发来了得意的表情。

意思就像是在说，幸好我还没你考得那么差。

后来我说，本来我也挺烦的，觉得世界上我是最烦的，聊完发现自己便没那么烦了。每个阶段都有自己的烦恼，你有你的，我有我的，但每个烦恼其实都是你的成长期。

后来我们便没有继续聊，手机大概被她妈妈拿了，跟陌生人聊天大多都这样戛然而止。

她妈妈最后发来了一句，抱歉，我女儿乱发的信息。

我没有再回复她，这可能是恶作剧，也可能是真的，不过我相信是真的，她说的每一句话都是那么真实。

越到后来我越发现跟陌生人聊天，也是一件很有趣的事情，因为互相不认识，不知道长相，不知道名字，却偶然聊了起来，如果可以还能互相说各自的烦恼，都不用怕秘密被发现。

这种缘分像是两个人的命中注定，虽然也许就是几分钟的谈话，却能敞开心扉地聊。

这是一种多大的缘分。

每个人都有自己的偶像，就因为偶然间看了你的一部电影，或者听了你的一首歌，就无可救药地喜欢上了你，从此他的生活都与你有关，从酷狗音乐下载的歌曲，到朋友圈以及微博，每一条都是跟你息息相关，关注着你的一切动态，这一切都只是为了有一天能离你近一点。

最近某女明星又上了热搜，据说是因她在机场被粉丝认出，由于司机未能准时到达机场，围观的粉丝越来越多，由于粉丝人数过多，引起了保安的注意，为了维护机场秩序跟预防人数过多而发生的安全隐患，女明星被保安要求离开机场。

就是这条新闻上了头条。

在现场的这位明星也是既着急又尴尬，其实保安也无奈，她要在机场等司机，而她所在的位置人流量刚好又很多，加上粉丝的包围，堵住了机场的畅通，保安最后不得不以命令的口气请这位明星出去。

粉丝疯狂起来还真是让人想象不到。

其实我觉得有偶像是一件很好的事情，因为他们能让你变得更好，在失落、失望时因为听了偶像的一首歌或看了一部电影，就能让自己像打了鸡血一样，重新振作起来，因为偶像变得越来越好，你也希望能努力地跟他一点点地靠近，只希望有一天能离偶像近一点。

不过我还是不赞同有些人那种狂热的追星法，就是那些非他不嫁或者是放弃工作学习把积蓄都用在跟着偶像满地跑的人。他们看遍偶像的所有演唱会，所有演出，偶像到哪儿就跟着到哪儿，一切都只是为了在远处瞄一眼。

你可以在百度上搜一搜，那些狂热的人很多，做的那些事也是让人费解。

偶像是要给人带来正能量的，正因为他好，我们才有努力的动力，不是因为喜欢反而让自己堕落了，放弃学习的机会来追星。

有偶像真的很棒，但就看你怎么把握，因为他真的有太多值得我们学习的地方。也正因为喜欢他，所以我此时此刻更加努力了，只希望有一天能离他更近，而不是像小狗一样一直跪舔。

小平是我读书时的一个舍友，他超级喜欢某男星，听过他所有的歌，歌词能倒背如流，歌曲放不到几秒，一听开头，他就能知道是那位男星的哪首歌。

为此我经常拿着手机去考验他，几乎全答对。

当时我觉得匪夷所思，究竟喜欢一个人要喜欢到何种程度才能做到这样，也没见他背英语单词那么积极过。

只要这男星一出新专辑他立马会跑过去买，因此他床头叠得最多的不是书，而是唱片。

我问小平为什么喜欢这位男星？他说，因为，能给我带来力量，每次听到他的歌，我心情就会变好，伤心的时候失落的时候，他总是能让我振作起来。

小平喜欢这位男星，偶尔会去看他的演唱会，哪怕是要跑挺远的路，他从高中就喜欢这男星，一直到如今，但奇怪的是小平的学习却没有受到一点影响，反而越来越好，他在喜欢这男星的同时，也在努力做着自己该做的事情。

我问过小平他是怎么做到的，他笑了笑，说："毕竟生活也不只是这位明星，还要交女朋友，还要学习，毕业之后还要工作，一大堆事情，所以在喜欢偶像的同时也要把自己的事做好。我认为还是很庆幸有这么一个偶像，当我迷失方向时，他的一首歌就能让我振作起来。"我听了他的话觉得很振奋，也不知道小平这些话是从哪里学来的。

就在前几天我跟小平在微信聊天，我问他，关于某女星被保安赶出机场的事情怎么看？小平回了条，没什么看法。我说，骗人！你不是最爱追星吗？结果小平在微信爆起粗口，说，讨厌，谁最爱追星了？说清楚？再说我又不喜欢这位明星，连她演的电视剧都没看过半部。我回了条，那如果那人是那位男明星呢？小平秒回，收拾那个保安。

看到小平这样说我笑得不能自已，冷静下来后小平又发来信息，说实话，如果我在机场看到偶像说不定也会很激动，但我不会跑过去跟他们挤。我问，为什么？小平说，因为根本挤不过啊，你看我那么瘦，还没看到偶像自己就先被挤扁了，再说挤过去不是给偶像制造麻烦吗？要是真的喜欢，还不如去买买唱片看看演唱会比较实在。

小平说得有道理，就如同他所说，有偶像真的很棒，因为他能让你变得越来越好。就因为偶然间看了你的一部电影，或者听了你的一首歌，就无可救药地喜欢上了你，从此我的生活都与你有关，从酷狗音乐下载的歌曲，到朋友圈以及微博，每一条都是跟你息息相关，关注着你的一切动态，这一切都只是为了有一天能离你近一点。

由此我觉得一个人之所以能被众人喜欢或崇拜，一定有他值得我们学习的地方，也一定有他背后付出的不为人知的努力跟艰辛。但你在追星、跟着偶像满地跑的同时，还希望因为喜欢，能做出一点点改变，一点点的进步。有时候追星真的不是一件坏事，就看你自己怎么把握。

真正喜欢你的，是最为你着想的那一个

你会因为自己的不好看而自卑，或者是太胖或者是太矮觉得自己低人一等？于是你自卑，同时越来越自闭，直到遇到能打开你心里那扇门的人。

有些人能说出一百个爱你的理由，讲得出各种甜言蜜语，其实那说明他还不够爱，他所谓的爱都只是口头的话语。有些人他讲不出甜言蜜语，但他却能让你开心，在你最需要的时候出现。

真正喜欢你的，是最为你着想的那一个。

小敏姑娘爱喝酒，而且一喝酒就喜欢乱讲话，容易把身边一起喝酒的朋友都得罪一遍，但第二天起来又把事情都给忘了。

她平时大大咧咧像个男孩子，但要认真打扮起来说实话真的漂亮，要身材有身材，要脸蛋有脸蛋。

她有个青梅竹马的男友，叫小俊，是个大胖子。每次小敏喝酒时得罪的人，第二天都是小俊去跟人道歉。他们从小学时就认识，父母之间也是朋友。小时候父母常常开玩笑说长大后让他们两个结婚，那时都不懂事，常常玩什么娶新娘之类的游戏。

有一天喝酒小敏姑娘跟小俊都在，不知道为什么小敏一喝酒就喜欢吐槽小时候的事情，她拍了拍小俊说："小时候幸亏是游戏，如果真的要嫁给你那还不如死了算了，那么胖，还丑，你说对不对？"

虽然知道小敏是喝醉了才那么讲，不过小俊"唰"的一下子脸就黑了，跟着所有人无奈地呵呵笑。

我听了说："你怎么可以那么说？不管怎么样你们都是很小就认识了。"

小敏姑娘说："有什么关系，他都被我开玩笑开习惯了，他人那么好不会生气的啦。"

无论小敏怎么个损法，哪怕是当所有朋友的面开玩笑，小俊也从来没有动过火。他对小敏永远都是有求必应，有需要就会马上出现在她身边，小敏失恋，他会第一个去安慰。

据说小敏交过几个男朋友，但每次都维持不到一年，最短的就两个星期。对小敏来讲，小俊既是一个可有可无的哥哥，也永远会以一个哥哥的身份出现。

正因为如此，才让小敏对小俊的那种好已经习以为常，再也不认为那也是一种爱。

我看着着急，于是问小俊明明喜欢小敏为什么不表白？难道就想一辈子当她的哥哥？小俊说："我哪有什么资格去表白？她那么优秀，自然有更优秀的人配她。"

小俊会这么说大概是对自己的胖没自信，但小俊的胖似乎是遗传的，他的父母包括姐妹都是胖子。

我说："胖就胖啊，你明明很开朗为什么就总是在面对小敏时不自信？"

事实上小敏喜欢一个男生，是当时学校的校草，几次参加学校的唱歌比赛，打篮球也打得没话说，是表面上看似闪闪发光的人物。小敏喜欢他，跟校草表白瞬间被拒。

就在小敏被拒绝没多久，校草就找到了女朋友，但长相实在一般，本以为校草的女朋友应该是个校花级别的，没想到令所有人大跌眼镜。

那一晚小敏去外面喝酒，拉上了小俊，跟小俊吐槽了一晚上，校草凭什么拒绝她，喜欢一个比自己还丑的人。

小俊安慰了小敏一晚上，小敏讲了一晚上自己有多喜欢那个校草。

喝完酒的第二天小敏又跟没事人一样，她决定忘记校草，但就在快要临近毕业的时候，校草居然去找了小敏。

不知道什么时候听小俊讲，小敏毕业时已经跟校草正式在一起了，还是校草主动找的小敏。

听到这里我很惊讶。

毕业的那天校草去找小敏，表明自己其实早已经跟女朋友分手，然后校草说了一大堆，只有在偶像剧才会说的狗血表白台词，但就是那些居然把小敏感动得痛哭流涕。

他们就这样在一起了，小俊觉得校草花心于是跑过去劝告小敏不要那么轻信男生的甜言蜜语，特别是校草。

但小敏根本听不下去，大怒："别以为你真的是我哥哥就可以管我，告诉你，你什么都不是，少管闲事讲我男朋友坏话。"

小俊被骂得没有还口的机会，最后只说了一句对不起就离开了。

小敏根本听不下去，恋爱的女生智商都是零，看来是真的。

我问："那你就这么算了？"

小俊狐疑地说："什么算了？"

我说："你不是也喜欢小敏吗？就这么看着被别人抢走？"

小俊说："算了吧，她喜欢什么人我没办法改变，只要她过得好就可以。"

小俊都这么说了我也不好再说什么，我倒是希望小俊也去找个女朋友，总会有一个女孩会明白你的好。

不出我所料小敏跟校草的恋情维持的时间并不长，只交往了短短的几个月，原因是校草劈腿了，跟别的女孩搞暧昧。那些刚开头校草对小敏的表白，转眼间就变成他说给了别的女生。

这时候小敏才看清了校草的为人，才知道，小俊当初所说的话才是真正关心她的话。

小俊总是这样，永远会以哥哥的方式陪着小敏。但那一晚我听说，小俊居然表白了，当喜欢你这句话从小俊口里讲出来时，小敏看着这个陪她十几年如同哥哥的人物，实在不知如何回答，小敏没有答应，但也没有拒绝。只是抱着小俊哭了一晚上。事情暂时就告一段落，之后好久没有听到小俊跟小敏的消息，只知道小敏去了上海，小俊去了深圳。

不知道过了多久我听说小俊结婚了，我正好奇新娘是谁时，那天婚礼我发现新娘正是小敏，看到这个太让我惊讶了，那个陪伴你几十年的人，最终你会发现，他才是最适合你的。

小敏说她自己一个人来到上海时感到前所未有的孤独，好在后来小俊还是放不下，所以也跑来上海。直到那时候小敏才明白，自己该去爱什么人。真正喜欢你的，是最为你着想的那一个。

你是否会因为自己的不好看而自卑，或者太胖或者是太矮觉得自己低人一等？于是你自卑，同时越来越自闭，直到遇到能打开你心里那扇门的人。

有些人能说出一百个爱你的理由，讲得出各种甜言蜜语，其实那说明他还不够爱你，所谓的爱都只是口头语。有些人他讲不出甜言蜜语，但他却能让你开心，在你需要的时候出现。

这一切说明，你其实没那么喜欢她

也许你曾经喜欢一个人，有一天会发现，如今你已不像当年那么喜欢她了。那种喜欢已经不见了，但你依然还记得这个人。其实这说明你还不够喜欢她，你所谓喜欢只是一瞬间的心动，冷静下来发现，她不是你所喜欢的那个，这大概就是你们没有在一起的原因了。

有这么一晚，曾经的死党"发动机"，突然打电话过来问我可好。我回，还可以。但他的这次问候倒是让我想起了学校的一些事情。

我还记得2011年刚到学校时的场景，那时的行李箱是新的，还没有坏掉。但手里多了两大袋行李。因为自己拿不动，所以老爸跟我一起到了学校。

这是我第一次出远门。

刚到广州，下了车还不会坐地铁，跟乡巴佬似的，不知道怎么到学校，需要人来接应。

电话打通了，我们按照他电话指引的方向走去，他人在外面，手上拿着个牌子，上面写着我们学校的名字。旁边还有"发动机"同学，那时是我第一次见他。

坐完地铁出来发现还有学校专车来接，在路上我反复想象着学校的操场是什么样的，大门是什么样的，学校外面环境是什么样的。

然而"发动机"抱怨了一路。

但到了之后，发现完全不是我想象的那个样子。

大门比我想象的要小，学校建在比我想象还要偏僻的地方，操场没想象的大。虽然没想象的那个样子，但总体来说，还算可以。

人总习惯于抱怨。在学校总会去抱怨学校的不好，会抱怨食堂的菜不够好吃，会抱怨学校太小，老师太严厉，同学合不来，喜欢的姑娘，最后发现也不喜欢了。

见到老师填了资料之后，她给了我宿舍钥匙，还派了个同学带我上宿舍。

那同学我还不认识，他在前面带路，向宿舍方向走去。但走起路来永远都是一副很拽的样子，这是我对他的第一印象。后来才知道，他叫林海。

我们上了四楼，铁门上写着1014号，这是门牌号。宿舍三房一厅，床是上下铺，我数了数里里外外能容下十八个同学。

几天后就军训了，但心情不知怎么的，就是好不起来。在军训中也同样认识不到几个同学，倒是觉得有两个女同学挺漂亮的，只是不知道对方名字。因此军训中我会时不时地望那几个姑娘。

后来才知道她们的名字，一个叫林依，一个叫晓琳，是班上成绩拔尖的两位。晓琳还当了班长，但就是因为当了班长，别人嫌她管得太多，因此她跟很多同学都合不来。

之后我认识了一位非常重要的朋友"发动机"，他是我在学校时的死党。

我跟他是在校运会上认识的，"发动机"跳绳跳得很快，这是我对他的第一印象。但人瘦瘦的，个子也不高。至于这个绰号是怎么来的，还是要源于那次学校举办的运动会。他报名参加了跳绳比赛，"发动机"参加任何比赛成绩都是平平，但只要跑去跳绳，定能夺冠。跳起绳来速度太快，就像体内装了马达一样，轻易就击败了所有选手夺冠了，所以从此以后就落下了"发动机"这个称号。

"发动机"喜欢一个女生叫张小广，但奇怪的是从来没见过"发动机"去主动跟小广打招呼，甚至在操场路过都装成了陌生人。

这是我觉得最郁闷的，喜欢别人又不主动跟别人打招呼。说不定别人就等着你去打招呼呢？

其实"发动机"喜欢小广的事情，并不是只有我知道，后来闹到全班上下每个人都清楚。

这得从一次集体活动讲起，那天全班聚会，玩起了真心话大冒险，中间摆了个瓶子，转到谁，谁就倒霉了。

我们玩得都很嗨，但问的问题都是，你喜欢谁？

曾经我多次问过"发动机"喜欢哪个姑娘，他坚决地否定说没有，但从他的反应来看我知道肯定有，只是不知道那姑娘是哪位。因此这次希望瓶子能转到"发动机"，好能知道他的秘密。但瓶子连续转了几次，都转到了别处，有人选择真心话，有人选择大冒险。

我一等再等，瓶子转到第十次时终于指向了"发动机"，我知道"发动机"一定会选择真心话，我也知道大家会问什么问题。

因为在游戏的十分钟里，问来问去全班几乎都是问了同一个问题。

如我所料的"发动机"也被问了这个问题，刚被问脸红着没说话，我本以为"发动机"会讲假话，但最后他如实地说出来了。

"我喜欢张小广！"

"发动机"大声地说出了张小广的名字，脸是通红的。全场的人顿时惊讶了，在下面的张小广脸红了。

但仅仅只是这一句而已，之后在操场，在楼梯，在小卖部多次擦肩而过，"发动机"也没有再找过张小广说任何一句话。

也许是因为害羞，也许是因为尴尬，也许是因为其他原因，反正我没见过"发动机"主动跟张小广打过招呼。

这让张小广也感到怀疑了，以至于我曾听到张小广这样说，他根本不喜欢我嘛！

张小广也怀疑了，他到底喜不喜欢自己，喜欢为什么又不吭声？

我不知道"发动机"那天是哪来的勇气说出了那句话，也许是被现场气氛给逼出来的，因为那天他是脸通红，吞吞吐吐地才说出了那句话。

后来毕业了，我拖着行李箱，离开了学校，"发动机"把我送到车站才转身离开，我告别了这个朋友，告别了这个学校。

"发动机"选择了继续读高技，留了下来。

到了高技他跟小广都被分到了不同的班级，最终他们没能在一起。

有一年春节"发动机"用微信给我发新年问候，于是我好奇地问："你跟张小广怎么样了？"

"发动机"说："什么怎么样了？"

我说："别装傻！你不是喜欢她吗？"

"发动机"说："别开玩笑了，早忘记对她的那种喜欢是什么感觉了。"

"发动机"说他早忘了，忘记当年到底为什么这么喜欢她。

之后他们之间也没再发生什么，仅仅在学校只留下了那句"我喜欢张小广"。

几次路过，几次微笑，几次点头罢了。

但我相信他不后悔曾经去过那个学校，即使那个学校不是满意的学校，即使那里的老师不是想象中的老师，喜欢的姑娘最终发现也不喜欢了。

中间有抱怨，有欢乐，有谈论过哪个女生身材最好最漂亮，有暗恋过某某女生，喜欢过某某女生，这些都有过。

其实你不知道，一度我是认为你们是能在一起的，因为有一次在学校，张小广跑来问我，为什么"发动机"明明说喜欢，但又不主动。之后我无数次劝说让你主动点就成了，但你并没在意。

这一切都说明，你其实没那么喜欢她。

如果不喜欢你，你所做的一切都会变得毫无意义

有一些青春回不去，但我们都记得，那时的我们看起来都跟傻瓜似的，不过都是最宝贵的记忆。

1

宿舍有十八个舍友，到了夏天待在宿舍就跟待在烤炉没区别，学校还不肯买插排，但我们会买回来偷偷用。

刚到学校明明说过宿舍不能买插排，但不到一个星期，插排插得跟蜘蛛网似的，坐在地上玩《王者荣耀》的同学就跟蜘蛛网里的蜘蛛，有一种想立刻拿拖鞋拍他们的冲动。

那时睡在我上铺的是"神经病"，当然这是他的外号，之所以会有这个奇怪的外号是因为他有时候会做一些让别人都觉得奇怪的事情。

比如，电脑放着A片开到最大声。再比如，在女生宿舍楼下跳舞唱歌，直到被宿管撵走。

他平时是很神经质的人，做事情更是毫无逻辑，只要自

己觉得行那就行。

只是有一天发现他居然看起了心灵鸡汤，我们知道后都觉得不可思议。

"神经病"说："为什么不能看？我也很文艺好不好？"

我们齐齐说道："你文艺个啥！"

这件事情让我们觉得实在匪夷所思，一起讨论了半天，平时一看书就跟要死似的，今天居然还去图书馆，而且最近的几天都去了，这中间定有猫儿腻。

大笔是八卦王，是那种不去当八卦记者真可惜的同学，学校的所有八卦都是由他爆出来的，包括这次的事情。

大笔说，"神经病"他看书是因为恋爱了。

这个消息很快就传遍整个班级。

2

大笔不愧是八卦王，那女孩是学电商的，就连在哪间教室都被大笔查得一清二楚。难怪最近"神经病"总是自言自语，早知道不读广告读电商了。

不知道的人都以为他被鬼上身了，不仅自言自语，还动不动就傻笑，那笑声来得猝不及防。

半夜睡觉睡到一半突然毫无征兆，"哈哈哈"吓出了别人一身冷汗。

平时安静的小狮终于忍不住，说："你恋爱就恋爱吧，别搞得跟鬼上身似的。"

"神经病"惊奇地看着我们："你是怎么知道的？"

小狮呵呵一声，说："全班的人都知道了。"

我插嘴："你们发展到什么程度了？"

"神经病"说："没什么程度啊，她还不知道我喜欢她。"

听完刹那间没话了，道："那你兴奋个啥啊！"

后来得知他喜欢的是个脸长满痘痘的女生，喜欢某男生，喜欢看心灵鸡汤的女孩子。大笔给我们看了那女孩QQ空间的照片，看完我们齐齐说道："晕，这么丑，'神经病'眼光真好。"

我狐疑问道："你怎么会有她QQ？"

大笔说："哈哈，机智如我，跟她闺密要的。"

我大惊："为什么她闺密会听你的？你们什么关系？"

大笔说："她闺密就是我刚交的女朋友。"

"神经病"一听立马跑过来打听关于那女孩的事情，大笔死活不肯说，非要"神经病"请他吃一星期的早餐。"神经病"为了爱情，咬咬牙点头答应了。

3

那女孩叫小陶，据大笔说，小陶是有男朋友的，而且二人刚刚交往，男生一米八，成绩优秀唱歌还好听，"神经病"完全没希望。

为此"神经病"还萎靡不振了一个月，直到有一天传来消息，说那个男生劈腿，小陶跟他分手了。"神经病"这下又活了，跑过去安慰小陶。

隔天他特意买了一把吉他，决定跟小陶表白，一切准备就绪，那天晚上"神经病"在女生宿舍楼下弹起了吉他，唱得不知道是啥歌，反正听不懂。

"神经病"对歌曲一窍不通，唱得那个难听。

他这么一唱，全部的女生都跑出来了，在阳台望着："晕，这是哪个'神经病'？""还唱得那么难听。""对对！"上面七嘴八舌，一片混乱，所有人都在讨论，所有人都出来看了，除了小陶，她始终都没有出来。

宿管的大妈拿着扫把跑过来，说："哪个半夜不睡觉的在这里唱歌？"

宿管大妈让他离开，"神经病"根本不走，死皮赖脸都要在那儿。宿管无奈地动起了粗，拿起扫把，大喊："你走不走？！"

"神经病"惊慌道："不走！不走！死都不走！"

"神经病"看了看楼上，小陶还是没有出来，他觉得就这么走了不甘心，于是大喊："小陶，我喜欢你啊！"

宿管大妈拿起扫把扫了过去，大喊："还叫！"

见事情不妙，"神经病"机智地躲开了，那天就这样结束了。

第二天也没有多少人再去提起，小陶跟往常一样装作什么事都没发生。

小陶经常去图书馆，所以"神经病"才会屁颠儿屁颠儿地也跟着去，就是为了看小陶一眼，小陶看完的书，"神经病"通通会借回宿舍重看一遍。据他自己说，这样就能多了解小陶一点。

我们总是喜欢去做一些很傻的事情，试图用这些感动别人，做什么都心甘情愿，觉得这样就能离心目中的那个人近一点，事实上一切都事与愿违。当一个人不喜欢你就是不喜欢，你所做的一切在他眼里都是多余的，连一句普通的早晚安都容易变成打扰。

4

后来这件事不了了之，"神经病"也再没有提起小陶的事情，我们都以为他大概是忘了。

他跟往常一样，双休日喝酒，晚上看影片，白天依然吵吵闹闹。

大概过了一个星期，学校因断网而发生的一次喊楼。据说是因为断网，但其实断网这个原因只是借口，我们都在用另一种极端的方式发泄自己的不快。

"神经病"跟着喊，跟着扔，跟着闹，袋子装上水绑在一起往下扔。

有人在喊某男生，有人在喊某明星，有人在学狼叫，学狗叫的都有。

"神经病"在喊小陶，大喊："小陶啊！怎么追都找不到你啊！"

"神经病"继续往外扔垃圾，喊楼持续了几个晚上，每晚10点半开始。

到了第三晚，老师终于发怒了，跑到宿舍抓人，"神经病"第一个被抓，其原因是他忽略了所有人，扔得太猖狂。

"神经病"被要求写检讨，笔拿在手上半小时一个字都写不出来，于是哭哭啼啼地跑过来求我帮忙，我给他出了个主意。

我说："为了表明你真的知道错了，所以你内容要有强烈的我错了。"

他说："怎么个强烈法？"

我笑了笑说："写一百个'我错了'足够强烈了。"

"神经病"听了一拍大腿，居然照做了，唯一的不同就是他那一晚写了四百个。

那一晚他写了四百个"我错了"，写到了凌晨1点，我在他下铺仿佛能听到他眼泪往下掉的哭泣声。

之后的"神经病"没有再跟小陶讲过任何一句话，很快我们都毕业了，毕业前"神经病"去见了小陶最后一面，这是后来的同学会上"神经病"跟我讲的。

他知道小陶喜欢看书，所以送了一本三毛的《撒哈拉的故事》，小陶接过书点点头说了一声谢谢。"神经病"想再说一些，但都卡在了喉咙里。

那一天的同学会，"神经病"来了，小陶也来了。我问他："不去跟小陶说些什么？"他回了一句："没什么好说的，她不喜欢我，说再多都没用，我所做的那些在她眼里都是没意义的。"

我们总是喜欢去做一些很傻的事情，试图用这些去感动

　　一个人，做什么都心甘情愿，觉得这样就能离心目中的那个人近一点，事实上一切都事与愿违。当一个人不喜欢你就是不喜欢，你所做的一切在他眼里都是多余的，连一句普通的早晚安都容易变成打扰。

　　如果不喜欢你，你所做的一切都会变得毫无意义。

那些离开你的，都是因为不适合你

　　许多时候，我们都身不由己，想做的事情大多都事与愿违。

　　朋友小鹏从小喜欢养宠物，所以从小便有个养殖梦，希望自己毕业能从事这行业。但毕业之后仍然只是做个普普通通的上班族，每天朝九晚五。但他心里的那个梦似乎并没有完全熄灭。后来小鹏跟交往一年的女朋友分手，分手后工作也随之出现了危机，工作感情都到了瓶颈。那一个月的时间里他萎靡不振，每天晚上都泡在酒吧里，后来才慢慢又重新振作起来，身边总会出现这样的人。

　　最近听到越来越多的人讲自己老了之类的话题，听到这些话我惊讶得不得了，明明他就大我两岁而已，如果他老那两年后的我岂不是也要老了？更可怕的是，我还听到比自己还要小一岁的人都在说，感觉自己老了。听到这话我想，你都老了，那我呢？不过我始终都觉得，会觉得自己老的人，只是因为自己年龄又大了一岁，自己想完成的目标却一步也没能靠近，所以感到的那种危机感。

　　张小回是我见过一天之内说自己老了最多次的人，所以她拼命化妆，明明身材挺好，脸蛋也可以，却硬生生地把自己化成了"老妖婆"。各种化妆品抹在脸上，让她看起来反而更老。我常常劝说，女孩化妆没错，但你也不用这么折磨自己的脸啊！化淡妆就可以了。她听完总是大声回道，关你屁事，你一个男生懂什么？听到她这么说我也不再说什么。

小回姑娘虽然总是说自己老，但人却开朗得不得了，跟男生女生都合得来。好像是个怎么样都没办法让她伤心起来的人，有时候兴奋起来甚至到疯狂的程度，让人受不了。

记得小回曾经失恋导致她自暴自弃，狂饮暴食。因为她发现男朋友越来越少回她的短信，打电话有时候甚至不接。小回不知道什么时候开始，感觉跟男朋友渐渐越走越远。后来才发现男朋友跟闺密有不一般的关系，各种暧昧短信，小回火冒三丈找男朋友询问，男朋友死不承认，说没有。后来小回一再追问，男朋友受不了才承认了这件事情。男朋友跟自己的闺密好上了，自己却像傻瓜一样还被蒙在鼓里。后来闺密主动向她道歉，要求小回成全他们，但小回的暴脾气仍然没能止住，非得大闹一场才罢休，大喊，你还要不要脸？然后把身边能摔的东西都摔了，摔完小回坐在地上像小孩一样哭了一宿。

她闺密怎么劝都劝不动，男朋友离开了不说还跟闺密闹翻了。

小回只用一天的时间就让自己恢复了状态，第二天见到她仍然跟往常一样，该玩玩，该开玩笑就开玩笑，完全把前天失恋的事忘在了脑后。

后来我才知道在夜里，她在自己房间里经常哭湿了枕头，她可能只是不想让朋友担心所以伪装出来的高兴。

我们都擅长伪装，有些人表面笑嘻嘻但不一定是真正高兴，有些人不断地流眼泪，但不代表他就是伤心。人也是一种擅长伪装的动物，伪装自己心底的声音。

我们有太多话想说，但又不能说，所以常常会用另一种方式发泄。有些人用对了方法，有些人用错了方法。

小回自从失恋开始狂饮暴食，越吃越胖，我身边有不少胖的朋友，恰好他们都很开朗。小回从之前那么瘦吃到如今的胖子，我们都劝过，但仍然不管用。

几个月后小回收到了她男朋友的结婚请帖，本以为小回不会参加，结果小回居然大大方方地去参加了婚礼。

面对感情，朋友问小回放下了没？小回笑着说，早放下了，不然我怎么敢去参加他们的婚礼。但心里谁都知道，小回很不是滋味。

我一直都觉得失恋其实并不是一件那么痛苦的事，身边很多朋友都失恋过，每个人都要死要活，但后来还不是活得好好的，重新找到了新的恋情。比起像我们一样的单身狗，想失恋的都找不到对象。

想哭就大声哭出来，想骂人就跑到没有人的空地大声骂，为什么明明难过还要假装自己很开心的样子去参加他的婚礼？

小回听到我这么说，回了一句，我不想让他们觉得我现在过得很不好。

小回在银行工作，由于颓废了几个月，上班无精打采并且天天迟到，最后工作也丢了。白天玩，晚上看肥皂剧，后来把积蓄全部花光，最后只能哭着跟朋友借钱，之后才下定决心要认真工作，投了几份简历，工作之余减肥。

不出几个月小回又瘦下来了，也找到了好工作。

自从小回又瘦下来，开始有不少人追她，但小回始终没有同意，她的那些朋友都说，你看那些追你的都还不错，为什么你就是对他们不理不睬呢？

小回说，男人靠不住。我一听不乐意了，我也是男人啊？不能说一个男生犯错所有人都是坏蛋吧。

事实上我觉得感情这种事实在不能强求，不爱就是不爱了没有理由。有些感情就是这样。

小回口里左一个男人靠不住右一个靠不住，好像真的不再相信任何男生，但遇到自己喜欢的那个便不再那么想了。自从她公司来了个新员工，小回就像是又回到了十八岁，结果小回倒追，两人迅速发展成了男女朋友关系。

又开始了朋友圈各种秀恩爱。

张小回姑娘，你一定会越来越好，祝你变成更好的自己。

身边不乏会时常出现令你难过的事情，失败、失业、失恋或者单身，都是不可避免，回头看那些事，其实都不是什么大事。只要不是威胁到生命，事实上没有是不能挺过来的，所以我们都应该看开点。

那些离开你的，都是因为不适合你。

那间有鬼的房子

我记得草地那儿的别墅已经荒废许久，一直没住人，从外面望去，里面破烂不堪。我并不清楚它原来的主人是谁，只知道从我第一次来这里，别墅就已经没人住了。

小时候附近的小孩都不敢靠近那里，一是因为据说那是间有鬼的房子，二是所有小孩都怕的张阿姨住在那附近，但那时唯独我敢经常跑去那玩。

听说房子里面有位穿白色长裙的女鬼，晚上还经常看到她一人在附近屋顶上飘来飘去。当然这只是附近的小孩危言耸听罢了，反正什么女鬼我从未见过。他们围在一起热火朝天地谈论着那别墅女鬼的事情，我很好奇，于是也凑了过去。

我蹲在一旁，静静地听着，在这所有人中，我是最小的一个。

一个很胖看上去大概十岁的男孩说："听说里面曾经死过人，女孩上吊自杀，后来不知怎么的，房子就没人了。"

穿绿色衣服的男孩说："是啊，昨天我就看到了，女鬼在附近的房顶上飘来飘去。"

"后来呢？屋顶的女鬼怎么样了？"戴眼镜的男孩说。

"我太害怕就跑回家了。"

眼镜男孩说："那你看清楚她的脸没有，漂不漂亮？"

绿色衣服男孩调侃道："怎么？想娶回家当老婆吗？"

眼镜男孩听了骂道："呸！你娶！你娶！"

男孩所说的女鬼在屋顶飘来飘去，说不定他只是晚上一个人太害怕，把房顶晾衣服的大妈，看成了飘来飘去的长裙女鬼而已。我蹲在一旁心想，晕！晾衣服的大妈还漂亮？

我蹲在一旁静静听着，没有发声，因此他们都没有注意到我。

绿色衣服男孩想了想，说："不过那个女鬼身材好像不怎么好，有点微微胖。"

我蹲在一旁得意得要命，心想，对吧，女鬼果然是大妈，大妈的身材当然不好啦。

在他们说到最恐怖的时刻，我在一旁突然大叫，把他们都吓得半死，于是那一天我被他们揍得半死。

他们说的女鬼，我猜测那一定是卖糖的张阿姨，因为她就住在别墅附近，而且平时就喜欢穿着白色长裙出来吓人，晚上最容易被人认成是鬼。

晚上她一个人在路上散步，时常会有路人被吓到，特别是一些在路上散步的情侣，从远处见到张阿姨逐渐朝着自己的方向走来，女方被吓得死死抓住男方衣服，直到把男方的衣服抓破。

我除了会去那间据说有鬼的房子转转外，还会顺便去一趟住在附近的张阿姨那里，因为每次去她都会请我吃好吃的东西。

别看张阿姨那样，其实年轻时候的她是很漂亮的。那天我偷偷溜进了张阿姨的房间，看到了一张照片，刚开始我死活都不信那是年轻时候的张阿姨。

我指着照片狐疑地问："这照片上的人是谁？"

张阿姨笑了笑说："是我年轻的时候，拍这张照片时我才十八岁。"

我撇了撇嘴："张阿姨，你骗人。"

我看了看照片再看了看张阿姨，实在不相信那是年轻时候的她。但后来我相信了，因为照片中的姑娘，跟如今张阿姨的女儿有几分相似。

说起张阿姨女儿，她也很漂亮，从我第一次见她就很喜欢她，跟张阿姨年轻时一样漂亮，但不知为何，只要一想到她女儿以后有可能会变成现在的张阿姨，心中就有一种让我说不出的滋味。

这样想的确是有点过分，但还是阻止不了，我每次看到张阿姨女儿，头脑就突然会冒出这个想法。

后来读了小学觉得长大了更加不应该怕这个，所以我经常去那儿，也不会感到害怕，因此我跟张阿姨的女儿也很熟。但我想起张阿姨现在的模样，再看看现在她女儿漂亮的脸，很怕跟她在一起。万一以后一大早起来她就突然变成张阿姨那张脸，那还怎么做朋友？

如今想想很惊讶在当时我那样的年纪里居然会有那样的想法，不过我是真的没有再跟她玩了。

但她却总是主动找我，几次不想理她，但又觉得不好，后来读小学五年级时，很巧我们同班了。

更让人觉得惊讶的是她还当上了班长，并且她管得最严的人是我。

背诵叫我第一个背，有什么事组长不叫，专门叫我，做眼保健操个个都是敷衍的，但不检查别人，就管看我。

这一度让我觉得，她这个班长，只负责管我一个人就行了。

所以到后来变成了，我一看到她就跑，我一跑她就追，一追到就被罚扫地。直到我扫了一个月的地时，终于忍不住说："你是不是喜欢我？不然干吗那么管我。"

她说："我是班长啊，白痴。"

我说："那别人你不管，就管我？"

她说："别人都太乖了，就你不听话。"

从那以后我突然很喜欢被她管，因为我发现她漂亮得很，当时觉得世界上她最漂亮。这是我当时的审美观。因为现在看到她发现其实也没那么漂亮，小时候的我居然会喜欢她？

大概是那时见识少，不明白什么叫美女，所以见到长有鼻子有耳朵眼睛的都觉得是美女。

不过在那时的我看来，她真的很好看，虽然她管起我来真的很像一只母老虎。

我经常幻想，她说不定也喜欢我，只是矜持，像她那样的性格，也只有我能征服她了。

暑假我约了她N次，她每次都拒绝，于是我郁闷了一个暑假时间，把火都发在了邻居家的花上，一个月下来邻居家的花包括叶子都被我拔光了，第二天邻居大叔大喊，谁把我花弄成那样的？我装作没事人。

后来我故意不写暑假作业好引起她的注意，结果不知道为什么她不理我。

后来才知道班长她早恋，喜欢上了隔壁班的男孩，看到班长在他面前一副很温柔的模样，我的火便大了起来。

在我面前就那么凶！

这是我人生的第一次打击，虽然如今想起来不值一提，因为后来我发现，比她漂亮的姑娘真的很多，特别是后来我读初中时。

如今经常想起，小的时候，经常有人摸着我的脑袋说，小荣啊，你以后会长得高高的，你以后会交到漂亮的女朋友，成绩也一定会很好，赚很多很多钱。那时候的我什么也不懂，只是呆呆地看着那个人嘴巴一张一合。

这是每个大人对我们都有过的期望。

记忆中的地方

在记忆中小时候搬过许多次家，房子自然是越搬越大。每一次搬都会比原来的房子宽一点。搬家的前一天晚上，通常都会兴奋得睡不着，在床上滚来滚去一直到天亮。

由于搬过很多次家的缘故，光是小学就换过好多所学校。每次搬家虽然会让我兴奋，但一搬家就要告别同学，面对新的学校、新的同学、新的老师，告别同学这总会让我伤心很久。

小时候我住在很老的瓦房里，里面有个宽阔的庭院，旁边有好几户人家，都是我们亲戚。爷爷奶奶、小叔、二叔、姑姑他们都住在那儿，后来大家都一个个搬离了那里，如今那房子已经没人了，再回到那里，发现已破旧得不成样子，房顶上甚至还长了不少杂草。

那时我才一岁不到，因此在老家的记忆基本上已经没有任何印象了，后来是从妈妈口中听说的。

妈妈在怀上我时，老姐两岁。爸爸每日都要去上班，因此家里就只剩下妈妈，还要同时照顾那个未懂事的姐姐。当时家里穷没有钱请保姆，因此即使妈妈怀孕了，家务依然要自己来做。

奶奶就住在旁边，但依然很少过来帮忙。奶奶打从妈妈嫁给爸爸的那时起，就跟妈妈合不来。时常动不动就训斥妈妈，这里不好那里不行。即使妈妈怀孕，奶奶也依然很少会过来帮忙。

当你喜欢一个人的时候即使对方做得不好，你依然会为对方辩解；当你不喜欢一个人的时候，即使对方做得再好，你都会鸡蛋里挑骨头地去骂对方做得不好。

奶奶不喜欢妈妈的原因就只有几点，妈妈不太会讲话，最主要的是没读过书。

奶奶跟妈妈关系至今都不好，小时候每次半夜听到爸妈吵架，原因永远都是因为奶奶。

在妈妈怀孕的那个阶段，家里的全部家务依然都要由妈妈来做。忙来忙去，当时差点流产。用妈妈现在的话来讲，当时我差点就没了。

再后来我就出生了，出生于1995年6月18日。

我出生后又哭又闹，白天妈妈一人同时要照顾姐姐跟我更加辛苦。

不久，我们家搬离了那里，新家离原来住的地方不远，大约二十分钟的路程而已。那时候还太小没有什么记忆，但到了三岁后，就开始逐渐有些记忆了。

我记得新家的小巷子很窄很窄，窄到房子跟房子之间，几乎就要碰在一起。我们当时住的是二层楼房，住二楼，楼下刚好住着老爸的一个高中同学，因此老爸时常有事没事地会跑去串门。刚搬过来我很兴奋，房顶还有个放杂物的小空间，这一点让我最为兴奋。

我从外面仰着头望向里面，"洞口"是正方形的，里面黑乎乎的。我立刻断定里面肯定有只妖怪，于是我拉来了隔壁的哥哥，帮忙拿梯子，好让我爬上去看看，但每次都被妈妈拦住，揪着我耳朵，被骂上一顿。

但其实就我一人的话，恐怕也不敢进去。

后来在新家我交到了不少好朋友，除了跟我最要好的小豆外，还有竹竿，小胖也是。

竹竿之所以叫竹竿，是因为他真的很瘦。小胖很明显是由于很胖的缘故，所以叫小胖。小豆则是刚见她时很矮，让我感觉很小的缘故。但他们似乎都比我大，这让我十分不服气，小豆是女生比我大两岁，竹竿比我大一岁，小胖岁数跟我一样，但比我大两个月，我最小。但最矮的人不是我，是小豆，这可能是因为她是女生的关系。

小胖零用钱最多，所以每次都会请我吃糖，第一次见面也是因为他请我吃糖认识的。没隔几天他就会去固定的那家店买零食，不知道小胖哪来这么多零钱，我时常怀疑他胖，肯定是因为吃零食吃出来的。

卖零食的那家店面很小，在墙上，就两个窗户大小，上面摆着各种各样的零食。老板是一位很吝啬的老伯，所有小孩都叫他田伯。

每当买东西叫他多给个袋子时，田伯总会摇摇头说，不给，浪费。

至于竹竿，他家玩具很多，去竹竿家多半只是为了玩他家玩具。

我跟小豆最要好，这可能是因为小豆是女生的关系，我最愿意跟她玩。

小豆时常会牵着我的手到她家玩，我也时常把她拉到家里。一到家我便会指着天花板上那个"洞口"说："小豆，你知道吗？洞口里面有怪物。"

小豆说："骗人！有怪物你还住这儿。"

我眼睛睁得大大地说："是真的，特别是到了晚上，那怪物就会开始在天花板上走动，天花板就会被它走得咚咚响。"

小豆开始有些害怕了，抓着我说："你别吓我！"

其实那时候我指的怪物，是天花板上的老鼠而已，到了晚上它们在上面，会很猖狂地到处乱跑。

我继续兴奋地说："要不要上去看看。"

我想拉小豆去拿梯子上去，但小豆使劲摇头，就是不肯上去。

小豆拉着我说："你也不能上去，会摔下来的，你要是敢上去我告诉你妈妈。"

小豆又摆出了一副姐姐的样子，当时想，早知道不跟她说了，被她这么一威胁我立刻停下来了。

但我没有就此放弃。

看来这种事情得叫男生，于是我跑过去找小胖。我对小胖说："走吧！来我家。"

小胖狐疑地问："要去你家干吗？"

我拉着他说："去了你就知道了。"

谁知道，看小胖体重不轻，胆子却不大，一听怪物马上溜了。

我想叫竹竿，但回头一想，他那么瘦还是算了，于是决定一人拿梯子上去，但又不敢。

之后无数个夜晚里，我无数次地在脑海里想象，里面是什么样的，放着什么东西，有多宽，到底有没有怪物。

小时候我一直认为那里面，一定有怪物，虽然妈妈说，没怪物，顶多只是有几只老鼠罢了。但我就是不信，坚信里面肯定有，所以一直想去探个究竟，看看那怪物长啥样。

一直想上去，但又不敢一人独行。

于是一等再等，等到再次搬家时，我都没能上去那个神秘的洞口，因此至今都不清楚上面究竟是咋样的。

只知道仰头望去，里面是一片漆黑的；只知道里面说不定，有只龇牙咧嘴的怪物；只知道说不定还有其他的什么小生物在里面。

但这些只知道，说不定。恐怕只有在我们小的时候，才会去幻想了。

老人都很固执

小学时下雨天喜欢冒着雨跑回去，会被两个人骂，一个是妈妈，另一个是住在附近跟我丝毫没有血缘关系的老奶奶。

路过老奶奶家，见我头发湿了，她总会唠叨好久，她在说什么通常听不清，所以她说什么我都只能一直点头。

在我初中的记忆里，她仿佛一直都坐在门口从未离开过。在大多数时间里她总会出现在自己家的门口。

那时想该不会她家门口有什么东西把她粘住了，让她没法走。

在附近她是出了名的唠叨，附近的同学都怕她，在私底下骂了她许多遍，给她起绰号。

以前我不太懂，她总爱坐门口的原因是什么？小孩踢球她会上去说几句，小孩跑步她也会唠叨几句，刚开始觉得没什么，直到后来，附近的人都被唠叨怕了，不敢往这条小巷走近半步。

直到后来看到她孙女才明白，她是在等自己的孙女孙子放学。

有一天女孩背着包回来了，头发是湿的，衣服也有好几处都被雨水打湿。

老人走过去问，你去哪儿啦，为什么才回来，没有带伞？

女孩说，小雨而已，淋不坏的。

老人说，你弟弟呢？没有跟你一起回来？

女孩说，他没有那么快回来的，奶奶你也进去吧，别站在门口。

女孩进门了，老人没有跟着进去。

老人的孙子我认识，我们叫他小斗，当时在我们初中，是出了名的捣蛋鬼，一天没有给老师惹麻烦就不安分。

即便如此，老人对小斗仍然关心，最操心的也是他孙子，但这种关心会被我们常常忽视掉。

小斗想学单车却摔得到处是擦伤，老奶奶过去说了他几句，被他喊，烦人！小斗玩电脑太长时间，老人削了个苹果，被说，爱谁吃谁吃，反正我不吃。

老人都很固执，固执得很，被讨厌也没关系，哪怕被讨厌也要去做那些会被你感到厌烦的事情。

说了许多次，明明叫她不要等，她非要；明明叫她不要多管闲事，但根本不听；明明叫她下雨天进去，她非要冒着被淋到雨的风险，在门外等；明明叫她不要瞎操心，但她仍然义无反顾。

住在附近的同学喜欢私底下说她坏话，因为当面不敢说，所以只能私底下说。一提到那条小巷，便有人插嘴骂道，老管家在那儿，玩儿什么玩，到其他地方玩吧。

那时我们都还年少，不明白许多事情，同时很难分清对与错。

我们玩起了游戏，把老人想象成大魔王，故意在那儿附近瞎晃捣乱，她一来我们就跑。

不过被她抓到了会被唠叨上半个小时。

许多年以后，想起这件事情，都没法原谅那个时间段的自己，当时我是有多幼稚，会去做这种事情，我居然会对一个老人如此不尊重。

老人她儿媳妇是老师，起初不知道，后来是听小斗讲的，知道后我十分惊讶。我不知道她在教学方面如何。

我不知道一个在家里对老人都不尊重的人，是如何当老师的，还是所谓的老师只要考了教师资格证就行了？

小斗从小学时便学会抽烟，不读书，跟一些比自己大许多的小混混到处混，所以旷课对他来讲是家常便饭。老师，学校，后来通通都不管他了。

有一次小斗跟同学吵架把人打伤了，赔了钱，他妈妈打了小斗一巴掌，老奶奶心疼小斗跑过去护着他，巴掌不小心打在了老人身上。

不知道从什么时候开始，老人开始精神不正常，之后越来越严重，我只知道从那过后再也没看到在门口等孙女的老人。

大概过了一年多老人开始痴呆了，他们家人怕麻烦所以把她关在了一间老房子里，不让出来，每天一日三餐去送吃的，因为长期没洗澡，头发严重打结。

刚开始是一日三餐慢慢地变成了一日一餐，后来干脆两天送一次吃的。

老奶奶在老房子里眼神仍然往外望，我走进过去，问："你在看什么？"

老人隔了几分钟才说："我孙女啊，她就快回来了。"

我看了看对面说："你孙女在哪儿？没有啊？"

老人说："没有吗？我怎么好像看到她了，我孙女就在对面。"

听到这里我眼泪一直掉，有些爱真的是一辈子的，但我们却总是忽视。

我跟同学路过那里时常会分一些水果跟面包给她，后来发现她的牙掉得厉害，牙齿越来越少，只剩下几颗，再也吃不了苹果跟梨，分的全是面包跟水。

老人接过面包，因为没有多少牙，所以只能一小口一小口嚼了许久慢慢咽下去。我们在旁边看着，等她吃完再分她一个。

当时还年少的我们，很多事还不太明白。那时始终不明白大人们的想法，他们知道我们经常接近老人之后开始叮嘱我们不要去那里。

我们都很听话，真的就很少去了，去的次数越来越少。

后来朋友之间开始流传着一种说法，那老人有病，一碰到就会被传染。我跟同学开始害怕去那儿，怕被传染，即使去了也只是远远地看，不敢靠近。

那天放学我犹豫了半天不敢靠近一步，道："去不去的？"

同学说："不是说会传染吗？"

我说："不给面包她会不会饿死？"

同学说："笨啊，他家人会给她送吃的啦。"

我们走了，再也没去那里。

半个月后老人死了，小巷一下子变得没那么安静了，人人私底下讨论，有人开心有人难过，毕竟从今以后再也没有等孙女的老奶奶，再也没有多管闲事的老人，再也没有同学口中的"老管家"。

有些事一旦做错，想再去挽回，就真的是没有办法了。你可以去改正，但那些曾经深爱着你的人却都已经不在了。

你身边有没有这样的人，你对他凶，忽视他，但他仍然对你好。

不要告诉我说没有，也不要说这样的人只有电影里才会出现。

身边总是会出现这样的"傻瓜"，只是他们对我们的这种好，常常会被我们忽略。只是他们对我们的这种爱，常常会被我们无视。

如今路过那里，老人已经不在了。

不过我仍然清楚地记得她当时对我说的那句话，至今为止都记忆犹新，她眼角慢慢湿润起来，说："我好像看到她了，我孙女就在对面。"

三件礼物

爷爷生前曾送过我三件礼物，一本绘图本，一本《圣斗士星矢》的漫画书，还有就是两只白鸽。

1

已经记不清当时我究竟是几岁了，白鸽就养在我家的二楼，二楼是用铁皮搭成的，前后各有两处是空的，没有搭铁皮，一处用来种花，另一处空着，爷爷带来白鸽后，决定用那地方来养鸽子，爸爸用铁皮给鸽子搭了个窝儿。

我说："爷爷，它们用不用吃饭？"

爷爷说："要啊！"

我又说："那用不用喝水？"

爷爷回答："当然要。"

我就这样问了一个下午，问完发现自己问了一大堆很白痴的问题，但当时真的想不通，比如它们要怎么喝水？

那天我自作聪明地拿了根吸管强制性地插到了它们的嘴巴里，然后把管放水里让白鸽吸着喝，我以为它也会那样喝。

于是我得意了好久，直到爷爷看到了把我骂得很惨。

从那以后白鸽就很怕我，一见我来了就往后退，当时白鸽太小还不会飞。白鸽看到我来了慌张得要命，脑里肯定都是：又要用吸管喝水了。

那只公的永远在那只母的前面，其实当时我并不知道要怎么分辨鸽子的雄雌，只是自己头脑幻想着那只公的为了保护母的不惜放弃生命。

大概是当时武侠片看多了。

自从养了鸽子，我放学也不乱跑了，直接回家，往二楼跑。一上楼就盯着鸽子看，它们躲在角落里，我在旁边撒了玉米大豆，它们也不敢向前迈开一步，它们越不敢动我越盯着它们，并且盯了一个晚上。

白鸽刚开始不会飞，我也不清楚究竟是过了多久，它们才学会飞行的，起初不敢飞远，只在附近飞行，直到后来一飞就没了影。

有一日我回到家中，发现两只白鸽都不见了，我哭着跟爸爸讲，两只白鸽都飞走了。爸爸摸了摸我的脑门儿说，鸽子飞走了还会飞回来，只要愿意等，它们会回来的。我有点不信，但还是去等了，不过我没耐心，等着等着便下楼看电视去了，到了傍晚上楼发现鸽子已经回来了，它们把我扔在地上的玉米粒也吃完了。

鸽子虽说会自己飞回来，但还是怕我，我一靠近就往后退，再靠近便扇扇翅膀，飞到铁皮屋顶上面去。喂的食物也得等我走了才肯吃，更麻烦的是，两只白鸽都喜欢飞到附近人家的庭院里排粪，邻居家的大伯几次都被鸽子拉在头上。

邻居开始反映这些问题，说我们的鸽子乱排粪。我只好把它们关起来，什么时候乖了什么时候放出来。

抓鸽子时也费了我不少力气，为了把它们抓起来，关进笼子，我想尽办法。

我在地上放了玉米粒，旁边准备了大网，它们一靠近就用大网套住。等了一会儿，两只白鸽都飞下来吃玉米粒了，我马上用大网套住，但只套到了一只，另一只飞走了，不过也不敢飞远，只是在屋顶来回地飞行。

它不下来了，吃过一次教训的鸽子，无论我再怎么在地上放吃的，它始终不下来。

后来停在了别人的窗户上，在窗户附近的叔叔帮我把鸽子抓回来了，我从叔叔手中接过白鸽，明显能感觉得到，白鸽在我手中不停地发抖，我摸了摸白鸽，希望因此能缓解白鸽心里的恐惧，但它依然发抖得厉害。

我把白鸽放回笼子，关了起来，不知道为什么，当时我心里有一丝不忍，我想放它们出来。

大概把它们关了一个星期吧，我再度放它们出来，不知道从什么时候开始，它们已经不再怕我，至少不像以前那么怕。

我伸手过去摸了摸它们，白鸽也不再发抖。

这是令人值得高兴的事，我因此高兴了一整天，还特意打电话给爷爷，当时我觉得没有比这件事更值得高兴的了。

能自由飞翔的那才能叫鸟，如果无法自由，那它们无非是一个观赏物罢了。

　　鸽子早上飞走，中午必定会回来，若是中午飞走，那么傍晚也会回来。

　　只是不知道为什么有一日其中的一只白鸽歪了脖子，当时不清楚是怎么回事，还以为是被人给打了，所以脖子被打歪了。爸爸发现白鸽脖子歪了之后就偷偷趁我上学，拿去把它给扔了，我也不知道爸爸把它扔去了哪里。

　　我因此哭了一整天。

　　后来才知道，鸽子脖子之所以会歪，那是一种病，好像叫新城疫后遗症。

　　那只白鸽不见后，另一只白鸽也飞走了，本以为它会飞回来，但一等再等却始终没看到白鸽的身影。

　　它是真的不会再飞回来了。

2

　　白鸽不见后我因此哭了好几天，爷爷为了能平复我的心情，给我买了本漫画书，那也是我看过的第一本漫画书，叫《圣斗士星矢》。

　　漫画书被我重复地翻了几十遍，当时还不怎么识字，所以完全看不懂内容，只看图，但依然觉得很有意思。后来决定买新的漫画书，可是当时又没钱，于是用卖废品的钱用来买了漫画书，我还记得当时买了《哆啦A梦》，为了买漫画书也不吃糖了，把钱全攒起来。

　　漫画书买回来也依然看不懂里面的内容，当时买了一本《狮子王》的绘本，买回来拿着绘本非要爸爸读给我听。什么时候想听了就拿着书吵着叫他读，要么就看着书里的图画发呆。虽然看不懂内容，但当时觉得看着里面的图画也很过瘾，看着图画，自己编剧情。

明明是一件喜剧却被我编成悲剧，悲剧被我编成喜剧，主人公被我编成大坏蛋，大坏蛋被我编成主人公。

后来看《西游记》的绘本，自己想象着剧情，一个叫孙悟空的恶魔经常去抢善良老怪的唐三藏，结果居然连神仙都帮孙悟空，你说有没有天理，当时看得我直拍大腿。

后来再长大一点我渐渐地看得懂漫画书里面的内容了，于是买的漫画书更多了，多到一个行李箱都装不下。

当时我天真地认为，我这样看下去一定能看成漫画大师。后来没有成为漫画大师，倒是成了近视大师。

3

我有一本绘图本，很厚很厚，对别人来说也许一文不值，但对我来讲，简直就是宝贝。

它是从小到大都陪着我的绘图本，从第一页的第一幅画到最后一页的最后一幅，对我来讲都是宝。虽然如今看来，那些画都是小时候的涂鸦，那本绘图本也已经旧得不能再旧。

那是我九岁的生日，爷爷送我的生日礼物，也是我第一次收到的生日礼物。虽然如今爷爷已经不在，但他送我的那本绘图本，至今我都保留着，那本绘图本记载着爷爷跟我的所有回忆。

爷爷爱吃糖，看见糖果就抓一大把往嘴里扔，他见我喜欢画画，所以给我买了本绘图本。

在我小时候爷爷还活着时，我经常对他讲："爷爷，以后我一定会出人头地。"

然后爷爷就笑眯眯地点点头，说："好，那爷爷就看着你出人头地。"

我点点头，天真地以为他真的能等到那时候。

那笑声如今想再听一次却没办法。

如今过去好多年了，有一天突然想起爷爷送我的三件礼物，但又不知道被我扔哪儿去了，白鸽就更加不用说，在好多年前就已经飞走了。最后找来找去只找到了一本绘图本，漫画书都不知道到哪儿去了。

我翻开绘图本，绘图本的第一幅画是白鸽，虽然看起来像鸭子；第二幅画是在飞翔的白鸽，看起来像飞翔的鸭子；第三幅是画了歪了脖子的白鸽，看起来像鸭子脖子歪了。

连起来看就是，一只鸭子梦想飞翔，结果有一天终于飞起来了，由于飞翔技术不成熟撞在大树上，结果脖子歪了。

看着那些画我笑得不能自已，似乎是把整个童年都画上去了，连爷爷都在我的那本绘图本上。

画上的爷爷手指摆了个V字形，笑得是那么开心。

贪玩小孩的故事

我们对一个人的看法总是容易根深蒂固，认为他如今这样以后更加不会改变，十年后大概也认为他还是这个样子，事实上人的改变，总是在那一刹那之间，我们总是容易被很多东西影响，然后变成另外一个更好的自己，在那过程中，我们都在逐渐成长。

贪玩小孩是附近出了名的捣蛋鬼，一天不做恶作剧就不罢休，是老师极其头疼的对象。他上课时在课本上画漫画，试卷上画了数学老师的头像，就为了讽刺经常骂他的数学老师。

这样的学生你相信以后他会喜欢上看书吗？你想象得出来，他会逐渐去认真地写一些东西？

我还记得当他说出，想当作家这个梦想的时候，大家嘲笑他的表情，不过他又经历了许多大家看不到的，所以每次听到他讲这个，贪玩小孩的眼神永远是那么坚定。

贪玩小孩父母经常吵架，爸爸经常半夜酗酒，半夜起来上厕所经常听到父母房间传来的争吵声。

我大概跟贪玩小孩认识有十几年了，小学时人人都怕他，但我跟他却是好朋友，因为我知道他表面的那个样子，其实是一种自我保护。

小学学校门口有一家小吃店，我们经常会聚在那里边吃烧烤边打电动，顺便讨论班上哪个女同学比较好看。他打电动总是打得比我好，我总是先一步被KO掉。

我一直都觉得贪玩小孩其实很聪明，但却一直在做错的决定。

小学时的贪玩小孩爱看书，不过看得最多的是漫画书，那时打死我也想象不出来他以后会考上大学。

父母吵架的原因百分之六十是跟贪玩小孩有关，剩下的百分之四十跟钱有关。

我经常听贪玩小孩这么说，大人总是说要认真读书，认真了有什么！你看我爸爸，他以前成绩很好，如今还不是那个样子，比我高中学历的小叔混得还差。

我觉得贪玩小孩很奇怪，其他成绩一塌糊涂，唯独语文很好，语文老师那时对他一度抱有希望。

我记得小学时贪玩小孩的文章还在报纸上登过一次，那时的我羡慕得不得了，以至于让我也喜欢上写作。

他拿着报纸跑到爸爸面前，结果喝醉酒的爸爸，刚拿到报纸就把它撕得粉碎。

我听到这里总是点点头，不知道该说什么，也是从那一刻起，我才觉得其实贪玩小孩也不是那么坏，他表面的坏都是为了让大人们更加关注他。

既然你不理我，我就开始捣蛋，父母不关心我，我就故意考差一点的成绩，要么把教室的玻璃打碎。

童年时期的贪玩小孩是不折不扣的捣蛋鬼，老师开始对他失望透顶，唯独他的作文写得挺好，这是我觉得奇怪的地方。

在我印象里贪玩小孩经常搬家，有时候搬远了不得不换学校，四年级贪玩小孩转学了，之后好几年没有再看到他，再次看到他时，很巧跟我读同一所学校。

我记得很清楚，初一的他变乖了，我几乎快要认不出是他。居然见他经常往图书馆跑，我觉得很邪门，跑去问他，结果他说，现在都不是小时候了，长大了应该好好看书，该玩的小学时都玩够了，还口口声声说自己以后要当作家。

我记得他以前也说过要当作家，作文也写得挺好，但我一直以来都把这个当成是他说的玩笑话。

那天听到他的话让我猝不及防，但我就是不信，猜测是不是他看上图书馆的哪个姑娘了，所以为了追到姑娘，假装自己多爱看书。

结果我发现我想错了，贪玩小孩在图书馆真的在认认真真地看书。

以前的同学讨论起他来是各种调侃："曾经的捣蛋鬼变乖啦！""装什么蒜，看什么书，看书也没有用，还作家？"

以之前贪玩小孩的性格早跟他们打起来了，但这次贪玩小孩忍住了。

同时我听到关于贪玩小孩的一些事情，四年级时贪玩小孩的父母离婚，因为爸爸经常酗酒，所以法院把他判给了妈妈，这才不得不搬家。据说他爸爸年轻时的梦想也是作家，所以贪玩小孩唯独语文会好好写，这让语文老师一度对他有过希望。

贪玩小孩爸爸半夜酗酒，一场车祸夺去了他的生命，贪玩小孩赶到医院时他爸爸已经离开了人世，之后人人都在骂他，到哪里去玩了？你连你爸爸最后一面都没有见到。

那一晚贪玩小孩眼泪一直掉一直掉，把肝都快哭出来了，之后，他真的就彻底变乖了。

贪玩小孩开始看书，他记住了爸爸的那句话：要多读书啊！以前一直不明白这句话，当明白的时候却已曲终人散。

贪玩小孩说，写作改变了我很多，我爸爸年轻时也想当作家，虽然他是开玩笑地在说，但我相信是真的。

我问过贪玩小孩，小学为什么唯独作文写得好？贪玩小孩的回答让我永远永远也没办法忘记，他说："因为我想让爸爸多关注我一点。"

这大概是他到如今都在持续写作的原因。

有时候食物不仅仅是用来填饱肚子

每个失眠的人，都有他失眠的故事，又好像每个会在深夜里吃东西的人，都有他吃东西的理由。

1

晚上下班最想吃东西，其实也说不上来有多饿，只是觉得食物能带给我的，不仅仅是填饱肚子这么简单，还能缓解白天时给我带来的所有压力。

有些店开得很晚，比如麦当劳，以前很不理解，为什么大半夜还有那么多人愿意大老远跑到一个地方去吃饭，他们真的有那么饿？其实每个人都有他们来吃东西的理由，充饥的、失恋的、失业的，仿佛在一家餐馆里我们就能看到许多故事。

《深夜食堂》最近更新到了第四集，虽然豆瓣上只有可怜的2.3分，台词剧情跟日版的也没有太大的改变，不过我还是很喜欢这部片子。

整个城市，承载了许多孤独，多少人孤独而不孤单，多少人孤单并且孤独，又有多少人何其幸运，能与人分享那些说不出的孤独。

在凌晨这个最容易让人感到孤独的时刻，来吃饭的人很多，吃饭的同时，每个人都带了一个故事。

以前上学时不理解觉得晚上就是睡觉，后来越来越容易失眠，一失眠就特别想吃东西，因为也只有食物能够治愈失眠的你。

2

在学校时一失眠就吃泡面，在《深夜食堂》里第一集就提到了老坛酸菜，这虽然有为老坛酸菜牛肉面打广告的嫌疑，但不可否认它是我最爱的泡面。

半夜睡不着就爬起来吃老坛酸菜牛肉面，因为经常失眠，所以我准备了一大箱泡面，一睡不着就吃，本来预算大概能吃几个星期，结果一天就吃光了。失眠的不止我一个，舍友一失眠看我在吃泡面，也会去拿一个，后来闻到香味所有人都爬起来了，我们宿舍十八个舍友，一人一个，一晚上就把泡面拿光了。

第二天垃圾桶全是老坛酸菜面的袋子，他们就这样肆无忌惮拿我买的泡面，更过分的是居然已成习惯，也不打招呼，有时候真想对他们喊一句，要吃给钱！

后来泡面被吃光了，他们点起了学校附近快餐店的手扒鸡，一群人在吃鸡的场景，像极了野外一群鬣狗在吃一头牛尸体场景。

到了星期日更夸张，因为第二天不用上课，所以一群人围着吃零食。

我们身边总是需要很多食物，它不仅仅是用来填饱肚子，还有让孤独的我们，吃到心满意足。

3

看了《深夜食堂》的缘故，突然对《深夜食堂》里老板做的那些菜式感兴趣了。我会做饭，但不经常，其原因是懒，除非做给自己吃那就另当别论。

半夜睡不着又没有方便面的情况下就会给自己做一些吃的。

那些做法大部分都来源于百度，百度里有详细的做法，我就按照那些，准备好食材，但炒出来跟图片仍然相差太大，还好味道可以，至少自己满意。

小时候记忆最深的是爸爸炒的菜，迄今为止我都觉得，爸爸的菜是比餐馆还要好吃的。

即使后来到广州读书，学校附近的美食都被我吃了个遍，也始终认为那些比不上爸爸半分，最让我念念不忘的仍是爸爸做的菜。他的酸甜排骨、红烧肉，在外面以及学校食堂都是吃不到的，即使外面找得到这种菜也没有那种味道。

爸爸炒菜是比妈妈还要好吃的，常常觉得他那么好的手艺不当厨师可惜了。

爸爸平日工作没办法天天下厨，所以小时候最为期待的就是爸爸许久一次的亲自下厨，对当时的我来讲，吃爸爸做的菜是比什么都要幸福的事了。

每次吃到酸甜排骨就兴奋得不得了，只是越长大这种兴奋就越少。

因为爸爸能抽空做酸甜排骨的时间越来越少，但我对食物对美食的热衷仍然存在着。

伤心失落时跑去吃一顿心情仿佛就能变好，食物有时候真的有这种神奇的治愈能力。

就像电视剧《深夜食堂》半夜来的每一位顾客，即使再晚每晚都有这么几个愿意集聚在那里。

哪怕只是点一碗普普通通的面，也足够了。

4

看了《深夜食堂》就容易让我想起小区附近的小吃店，虽然没有像《深夜食堂》那样开到早上7点。

那家小吃店大概就开到晚上11点，晚上9点至10点半是人最多的时候，我下班路过那里常常会点一些带回去。

后来慢慢地成为习惯，每天晚上下班都会准点地去那家小吃店，不去反而会觉得不习惯，他们的东西超级好吃，无论是小吃还是菜式都没话说，新年热闹能开到半夜12点半。

恰好那里的老板跟《深夜食堂》里的老板长得又有几分像，也是个微胖的大叔，所以在看电视剧《深夜食堂》时我总是容易产生幻觉，觉得就是那位大叔在演。

在没有泡面的日子里我总是会点一碗牛肉面，然后打包带回去。

食物有时候真的不仅仅是用来填饱肚子，它还有治愈人心的作用。

就像每个失眠的人，都有他失眠的故事，又好像每个会在深夜里吃东西的人，都有他吃东西的理由。

我们所熟悉的，都会留下我们的味道

1

大概是偶尔觉得妈妈很唠叨的缘故，虽然这样讲不好，但她的唠叨却是每天都有的。

这几天加班，回来得晚，妈妈爸爸早早就睡了，桌子上会有一碗面，妈妈大概是怕我饿了，所以每逢我回来得晚，妈妈都会特意做一碗面给我放在桌上。我曾多次说过，晚上回来不用准备面，通常都不饿是吃不下的。不过她依然会去准备，于是我便没有再讲，多多少少都会吃一些。

想起小时候我是挺喜欢吃面的，早上的早餐不是面条，就是面包，能吃到面条是当时最开心的事。面里始终都会加一颗蛋，如今也是一样，那味道熟悉得不能再熟悉了。

其实小时候最喜欢吃的是方便面，只是妈妈不给做，说容易上火，但我吵着要吃，一碰到方便面，妈妈做的面我通常都不屑一顾。

那时我大概是中了方便面的毒，动不动吵着要吃。

妈妈训斥道："那东西吃了肚子疼。"

我摇头，道："肚子疼也要吃。"

妈妈说："那是大人吃的。"

我完全没听妈妈讲话，继续念叨："方便面，方便面，方便面……"

妈妈拿我没办法，所以给我吃了一碗。之后她怕我又吵，所以把剩下的方便面藏起来了，我要吃她便说没有了。

但过了几日见爸爸在吃，于是把他的那份抢了过来。后来被骂得很惨。

于是我便没有再闹，吃回妈妈做的面加蛋。

那时的早餐是面还有蛋，吃完面我便会跑去上学，留下蛋没吃。

2

风格外大，地上的垃圾袋被吹得到处乱飞。妈妈被风吹得眯着眼睛前行，她戴着围巾牵着我的手去买卡布达的玩具模型。

"这个二十块钱！"老板说。

我抓了抓妈妈的衣角，表示想买这个。

妈妈打开钱包，咬了咬嘴唇，道："好吧，给你买。"

在如今看来二十块钱没有什么，大概只是我出去吃一次宵夜的钱而已，但在十年前的我看来，二十真的太贵了。

第一次看到那玩具，我在玩具店门口像傻瓜似的站了足足半个小时，玩具标价二十，于是摸了摸口袋，只摸出了一块钱，算了算还差十九张一块的，才能凑够二十。

我呆呆地站在玩具店门口，老板过来了，问道："小朋友，想买点什么？"

我指了指："这个。"

老板手指摆了个V字，道："二十块钱。"

我说："叔叔，可以便宜点吗？"

老板蹲下摸了摸我的脑门儿，说："可以啊，那你想要便宜多少？"

我顿了顿，说："叔叔，我只有一块钱，可以吗？"

老板哈哈大笑道："可以便宜一块，你可以跟你妈妈再拿十八块过来买。"

我说："那算了。"

我一回去便去问妈妈，可不可以买卡布达玩具，妈妈让我去问爸爸，他同意妈妈便买。最终我没有去问爸爸，因为已经知道就算问了也无果，除非我考试考个前三名，否则说出来只会挨爸爸一顿骂。

于是我开始想，要怎么样才能攒到二十块钱。

我在想要么一天向妈妈要一块，十九天后就有二十块钱了。后来想了想发现不行，妈妈根本不会每天都给，给前还会问一句，要一块来干吗？说不出便不给。

我还是忍不住向爸爸开了口，说不定他就同意了呢！

爸爸似乎已经知道我要说什么，还没开口他便喊："不行！"

我狐疑问道："神奇了，你怎么知道我要什么？"

爸爸说："整天看你自言自语，怎么会不知道，成绩那么差还买。"

老姐听了劝道："给他买吧。"

我一听眼睛一亮点点头："对对，同学他们都有的。"

爸爸说："你同学他们能考一百分你有吗？你同学他们有三好学生你有吗？成绩那么差还有脸要买玩具。"

被爸爸这样说加倍惭愧，但脑子里还是在想，成绩好有个屁用，为什么大人总爱比分数，比谁的奖状在家里的墙壁上贴得多。爸爸的那句不行喊得我差点哭了，眼泪就要流出来了，但我又憋了回去。

做梦都想要的玩具，它成了我那时的一个梦想，小小的梦想只是一件玩具。

玩具最后被妈妈买了，在玩具店门口，我抓了抓她的衣角表示想要这个。妈妈打开钱包，咬了咬嘴唇，道："好吧，给你买。"

这大概是最开心的时刻，这个小小的梦想，实现了。

那时候觉得妈妈除了唠叨也有温柔的一面。

那玩具刚买回来我爱不释手，所以拿到学校去炫耀，结果不到一个星期便坏了。弄坏我玩具的是小K。我叫他赔，小K理直气壮地说不。

我头脑一热抓着他衣服跟他打起来了，这是我人生第一次跟同学打架，我哭着跟老师讲，说小K弄坏了我玩具。老师没有站在我这边，反倒骂我说不该把玩具带到学校，也不该先动手。我被老师训斥一顿还被要求跟小K道歉，说对不起，我不该先动手。

141

这歉我道得十分不服气，全程我都在哭，卡布达模型坏了，我一直在重复说着这句话，当时觉得心里那个小小的梦碎裂了。但老师似乎更偏袒小K完全没有在听，小K成绩太好，学校教师一向偏袒这样的学生。

从那时候起我跟小K的友谊就决裂了，直到搬家转校都不曾跟他讲过话。

至今想想都觉得可惜，不过这是十多年前的事了，当时才十岁，如今小K长什么样我自然是不可能记得清了。

渐渐我忘了卡布达，也忘了小K，有了新的玩具，也交到新的朋友。

在那中间我换了几十个玩具，也是以不同的方式接二连三地坏掉，或者不见了，最终都被送往垃圾场，跟我分开。

身边的人也是一样吧，父母总有一天会离开，朋友总有一天会分开。越是长大就越明白这个道理，所以我们更应该去加倍珍惜眼前还在我们身边的东西。

该骂的时候尽量骂，该玩的时候尽量玩，该讨厌就尽量去讨厌，但不可以让自己遗憾，也不可以随便抛弃。

他们都是我们所熟悉的，都会留下我们的味道。

3

年幼时常常会羡慕别人，忌妒心泛滥，别人有的玩具，我也得有。别人家里庭院长了棵小草，我都会羡慕半天。

看到小竹拿着皮球在拍，于是很羡慕，决定也去买一个。买回来后小竹却说皮球没用，足球才有用，皮球太薄容易破。小竹拿着他手中的足球在我面前晃来晃去地跟我讲，我跟旁边的老姐都两眼放光，于是回去跟妈妈讲，把皮球换成足球。

妈妈不解地问为什么，我跟老姐都抢着说，你一言我一语，妈妈听得云里雾里。

那足球的价格现在都记得，卖十块钱。

其实我根本不会踢足球，那时连足球的规则都不曾知道，买它完全是因为看到小竹买了所以才跟着买。

小竹被我们称为玩具收藏家，家里收藏着我想买都买不来的玩具模型。我去他家通常都是去看那些玩具，小竹其他的还好就是有点小气，玩具带了手套才肯让我摸。根据他的说法不让别人空手摸是因为会留下指纹，所以得戴手套，他讲得扬扬自得。我在想，又不是警察，还指纹。

小竹是客家人，所以从此一遇到客家人我就会下意识地觉得他们小气。

小竹家有只小鸭子，这也是那时我会经常去他家的原因，小鸭子很普通，但那是一只会跟着人跑的鸭子，我只见过狗会跟人，鸭子倒是头一回见过。

而且它跟的人不是小竹而是我，这让我觉得神奇，小竹养的竟然会来跟我。

小竹调侃说，它是把你当妈了。

我们带鸭子出门，别人遛狗，我们遛鸭子。所有人的目光都看向我们，想想就神气。

鸭子比狗还听话，我们走哪儿它跟哪儿，仿佛跟着我们的不只是一只鸭子。

那时我想，鸭子它会长大，长大后会不会跟小时候一样？长大后会不会也跟着我们走？长大后会不会也跟小时候一样是灰色？

我想了无数个为什么，它明明只是一只普通的鸭子，跟平时我们吃的那些没什么区别，只是那些已经被做成了一道菜的区别而已。归根到底那也只是一只比较特别，会跟着我跑的鸭子。

但我还是很想它，所以决定跟小竹买，小竹一口回绝。

我说："多少钱都可以。"

小竹说："多少钱都不行。"

我说："为什么？"

小竹说："没为什么。"

小竹考虑了几分钟，道："好吧，卖给你。"

小竹继续说："很便宜，你给我一百块就可以。"

我听了大喊："晕，这么坑。"

最后我没有买下小鸭子，因为还没交钱鸭子就被小竹养死了，知道后我泪如雨下，妈妈问我为什么哭，我都不好意思去说是因为一只小鸭子死了，我跟小竹把它埋在了土里。

为此还伤心了一个星期。

后来又跟往常一样没心没肺地跟小竹照着漫画七龙珠的情节，我当比克他当孙悟空。

痛哭流涕背后可能是一个很长的故事，长到讲不完，也可能只是一件很小的小事；强大背后或许可能也有柔软的地方。

多年以后我明白了一个道理，原来会跟我们分开的不仅仅是人，身边的一切都可能分开。分开之后有可能是痛哭流涕，或者只是一份想念或只是怀念。

可能只为一个杯子摔坏了，也可能只是自己养的小狗死去了，还可能为一个地方、一座城市。原来我们这一生不仅仅是为笑而活着。

它们都是我们所熟悉的，都会留下我们的味道。

他们一定都在世界的某个角落

其实我们都忘不了以前发生过的一切，哪怕只是一件小事，都可能一不小心让你记一辈子，即使那些已经离你越来越远。不过它们一定都在世界的某个角落，静悄悄地看着你，等你偶然回想那些时光，那些梦想。

我平日很少看电视，电视通常被老弟霸占，只要他在，电视机会出现的画面永远是喜羊羊跟熊出没。我看着老弟看动画片的背影想起了我小时候，那时对动画一样热爱。

我记忆深刻的动画片有很多，小学时放学放下书包干的第一件事就是打开电视看四驱兄弟，当时附近的小孩都风靡四驱车，人人在比，比谁的车子快，所以有些人会拿四驱车去改装，装新的电池、轮胎。

迄今为止都还记得，我当时拿着人生第一台四驱车走出玩具店的场景，别提有多兴奋，当时的那种兴奋已经无法用言语表达。

车子很快被我玩坏，于是我又买一台，之后连续被我玩坏了许多四驱车。坏掉的四驱车越积越多，我没有立刻丢掉，因为当时想哪天说不定能修好，就找个纸箱装了起来，全部堆起来能放一大箱子，之后那些放在箱子里的四驱车一部也没有修好，同时一部也没能留下，都消失在了童年的时光里。

小学时画画是唯一能让我安静下来的东西，因为朋友很少，所以最无聊的时光里我都打发在画画跟看书上。

刚开始画的都是彩虹大树房子之类的，后来慢慢长大，画的东西也会随之改变。绘画就是把心里所想画出来，那时的我情窦初开，心里想的全是隔壁班的班花，于是从那天起，她就霸占了我的所有画纸，绘画本一打开全是她的画像。

不过我到初中的年纪仍然爱看动画，这一点很怕别人知道，觉得被别人知道很丢脸，特别是怕班花发现我的这个秘密，所以是死活都不能被她发现的。

在她面前我总是装得有多成熟，有一次她问我："你看什么动画片？"我吹牛说："我才不看动画这种幼稚的东西。"话一出我就后悔了，因为我一说完班花便满脸崇拜地看着我，万一谎言被戳破，在学校没法混了。

初中的语文老师常常对同学讲，动画片是小学生看的，到了初中应该看一些新闻，多关注一些国家大事。此话一出班上看动画的同学越来越少，最后看动画的只剩我一个。

被同学发现我爱看动画，会被说成幼稚，于是我便不敢再说，偷偷地看。

有一次很尴尬，老师来家访发现我在看柯南，于是说，应该多看一些新闻，动画片就不要了。我很认真地点点头，老师以为我真的懂了，脸上露出满意的表情。事实上那时我在想，谁看新闻谁傻瓜。

我记得那时除了画画还特爱跑步，还一度幻想过，以后当个运动员，只是这个梦想从我近视戴上眼镜之后就破灭了。

校运会短跑是我最想参加的比赛，当时已经是近视眼，无论我再怎么积极报名老师也不选我，老师选择选手的标准不是看实力是看外形，谁高谁参加。不算高又瘦的我注定是永远无缘参赛的。

其实我想去比赛还有个理由，就是班花会看到我，虽然我们是不同班，但我拿个第一，她指不定多崇拜我。

看着他们跑步我有一万个不服，我们班最后得了第三名，当时想，要是我去跑说不定会更好。

比赛前老师还问过，谁想参赛的？我举手了，结果被同学笑不自量力，其原因就是长得不够壮，又不那么高。

于是校运会过后我找了那个第一名比赛，结果我赢了，当时还约了班花在旁边看着，好让她明白我是第一，只是缺少一个比赛的机会。

为了下次校运会我能参加，当时特得意跑到办公室告诉老师下次比赛选我参加，我赢了那个第一名。结果老师只是摸摸我的头，呵呵了一声，什么也没说。

但第二次校运会我真的参加了，虽然是求了老师很久才同意的，其实老师之所以会同意是因为，本来打算要参赛的同学结果崴了脚。所以老师没办法，无奈之下拿我凑数。

那天比赛我拼命地跑，闭上眼睛跑，因为我觉得校花就盯着我看，所以说什么都不能输。当我睁开眼睛已经在终点了。

本以为我就这么赢了，连获奖感言都准备好了，不知道为什么大家目光都看着我，总觉得怪怪的，原来是我跑步跑错道了，结果直接被取消资格。

瞬间觉得脸丢尽了，说好的第一名呢？居然还跑到别人的道上，班花会怎么看我？

那一天我脑袋里全是班花在嘲笑我的场景："哈哈哈，你居然跑错道了！"

不过第二天班花居然主动来找我，说："差点点就赢了，真可惜。"

我点点头，说："是啊，怪我太没有方向感。"

那天是我唯一离班花最近的一次，从那之后她来找我的次数越来越多。

老师说我们早恋还把我叫到了办公室，说："你不学习别打扰别人学习，以后不要再去找她了。"听完老师的话我特想回一句，晕，明明是她找我。

在老师眼里我就是在打扰她学习，说实话在当时我对恋爱还没有什么概念，只是觉得她漂亮，根本说不上来喜欢她哪点。

后来才知道，班花的父母对她极其严格，她父母是希望班花以后考清华的，所以对班花的期望很大，这次听说我干扰到她学习，她父母立马来找我谈话。

过了不久班花就被强制转学了，迄今为止我都不明白，在当时那个年纪里，就已经想到以后考清华，考清华就那么重要吗？比快乐还要重要吗？

事实上班花是没有太多目标的，只是她父母对她的那种严格让她喘不过气。

多年以后让我一次偶然的机会见到班花，我差点没认出来，带着一个厚厚的大边框眼睛，身材完全走形，但最终她还是没有考上清华。

班花问我："还跑步吗？"

我摇摇头说没有。

说不清是从什么时候开始，大概是毕业的时候，总觉得没时间，总觉得工作太多，总觉得没时间去做这些琐碎的东西。

看着现在的班花，再想想以前的班花，说实话我有一点点失望。

其实我们都忘不了以前发生过的一切，哪怕只是一件小事，都可能一不小心让你记一辈子，即使那些已经离你越来越远。不过他们一定都在世界的某个角落，静悄悄地看着你，等你偶然回想那些时光、那些梦想。

班花说要减肥，我鼓励她说："那你加油。"

两个月后我看到减肥成功的班花，在班花摘下眼镜的时刻，我看到如今没有戴眼镜的她，仿佛一切又回到了以前。

我的报童帽

　　我还记得那顶帽子，整个童年时期我都戴着它，即使后来戴不下了我也没有把它扔掉，它伴随了我整个童年，还有关于童年记忆的一切。

1

　　孩提时代爱戴帽子，戴的是那种报童帽，总觉得戴起来很酷，然后一个人再跑到庭院里瞎逛。那时我们住的是瓦房，是类似四合院的地方，爷爷奶奶跟姑姑二叔都住那儿，但就我跟姐姐两个小孩，老姐通常不跟我玩，大人们总有忙不完的活，根本没空理你，所以那时的我都是自己陪着自己玩。

　　实在无聊就在地上观察蚂蚁，不然就玩树上的毛毛虫，然后拿着毛毛虫去吓老姐，她每次都会被我吓哭。

　　庭院里有一口井，不知道为什么我总是喜欢戴着那顶帽子在井边转圈，头伸进去看不到底，往里面大叫会有很大的回声。因为无聊经常干一些无聊的事情，我把井的另一边当成跟我说话的朋友，只是这个朋友只会一直学你讲话。

151

4444444444444444

那个时期的我大概是太无聊，无聊到只能自己陪着自己玩。

后来上了学，有了朋友，我也不再到井边转圈，直到后来我们搬离那里，但那顶报童帽始终都是跟在我身边。

其实刚开始我是不愿意上学前班的，老妈第一天带我去是连骗带哄的，我哭哭啼啼从家门口一直到幼儿园门口都没停止哭泣，仿佛是受了多大的委屈。

爸爸聪明，他会一路把我骗到幼儿园，一大早他蹲下在我耳边说："今天不去幼儿园了，我们去公园，但不能让妈妈知道。"我一听信以为真，高高兴兴地上了车，妈妈觉得奇怪今天为什么我那么听话了？

然而爸爸一直绕路，我问："去哪儿？这好像不是去公园的路？"爸爸说："绕近一点的路啊！"我点点头相信了。后来直到绕到幼儿园门口才发现被骗，我号啕大哭。

如今想起都很怀念那时的自己，肆无忌惮地哭，也只有在小时候的我们能做到了。

那时大家都叫我小鸟。我也不知道这外号究竟是从何而来，反正这外号就这么一直被叫到小学四年级。

2

熟悉环境对我来说总是比别人要慢很多，到如今都是如此，学前班老师经常说："小鸟啊，长大了，上学可不能再哭哭啼啼的，会被同学笑话。"

学前班上了一个星期时我终于不哭了。

152

小K是那时唯一跟我十分要好的朋友，那时我们搬的新家离小K家很近，所以我动不动便会去找她。新家的巷子很窄，房子与房子之间挨得很近。

特别是到了晚上，附近的小孩都出来玩了，我们常常在晚上玩捉迷藏，小巷有好几户人家，我们几个小孩觉得哪里好躲就跑到哪家去躲，不知道为什么，小K一躲便很难找到。

上学会跟着小K一起去，连上学我都会戴着那顶报童帽。

小K问："你帽子是不是有点旧了？"

我说："会吗？"

小K说："会啊，还戴它干吗？把它扔了。"

我听了一着急推了小K一下："把你扔了好不好？"

说不清楚为什么生气，我们吵起来了，但和好也很快，小孩子不记仇，什么烦恼，什么怨气，一觉起来什么都忘了，第二天跟没事人一样和好如初。

我们一起度过了学前班，后来读小学我们也是同班，手牵手的那种，我不知道这究竟是缘分还是什么，但我跟小K之间总有说不完的话。

3

小K明明是女孩子却留着短发，我也是到三年级才确定她是女孩的，在那之前我一直把她当兄弟一样看待。

小K总是带我去游戏厅，钱百分之八十都是她请，在我印象里她总是那么有钱，有好一段时间我都认为，小K

说不定是男孩，只是看起来有点像女孩。后来发现她上厕跟我是不同一间，这个问题困扰了我好久，但那时始终认为小K是男孩，因为她的性格比男生还要要强，打起架来男生都怕。

在游戏厅她会一边打游戏一边说："小鸟，大王快来啦，小心点，别死啦！"我点点头，但每次大王还没到我就被KO了。

后来我学聪明了，躲在她后面，结果变成她更早地被KO，然后打到最后的大王，她会挤过来，说，让我来吧，大王很难打，别死了，我帮你把他KO了。我点点头，在一旁看，结果每次都是大王把她KO。我在一旁笑得不能自已，小K狠狠地瞪了我一眼。

我们在跑道上比赛50米短跑，她通常都跑不过我，但我会假装着跟她跑差不多，说不清楚自己的这个举动究竟是为了什么，总感觉她很弱小，个子也比同岁的我矮了一圈，所以会不自觉地去保护。

大概是我没想到她是女孩的缘故，我把她当男孩，在玩游戏机时，一群人玩捉迷藏时，在操场奔跑比赛跑时，我们跑得满头大汗，汗水洒在了广场的跑道上，那时我始终都没意识到小K原来是女孩子，原来身边陪伴的朋友最终都会离开。

4

男生跟女生毕竟是不一样的，小K逐渐也穿起了裙子，头发也慢慢留长起来了，这时我终于意识到小K是女孩子的事实，即便她仍然大大咧咧的像个男孩。

我还是希望她是男孩，这样跟她相处起来便可以无所顾忌，但后来发现其实没那么简单。

渐渐地跟她玩总是有许多顾虑，比如不再好意思像以前那样牵她的手，再比如跟小K太近会被同学说闲话，等等，这些都让我无比烦恼。

一直以来都很男孩子气的小K突然像个女孩了，这让当时的我实在接受不了。

小K问："你以前一直戴着的那顶帽子呢？"

我说："那顶报童帽？"

小K点点头。

我说："在我书包里。"

小K说："借我戴戴。"

我从包里拿出来，小K戴了上去，道："怎么样是不是很酷，还是我戴比较好看。"

我点点头，说："好看好看，你最好看。"

小K说："我本来就很酷的。"

我拿起相机："笑一笑，我要照了。"我帮小K照了张相片。

小K没有再问，这是我最后一次这么近距离听小K讲话了，因为从那时候开始我逐渐疏远她，小K跟我搭话我就随意地回复。

因为我们大吵了一架，她把我那顶最重要的报童帽给弄

155

丢了，我哭了一天，发誓从今以后再也不理小K。

报童帽的消失就如同代表着我即将逝去的童年时代。

如今想想真想骂骂那时候的自己，骂骂自己应该珍惜身边的每一个朋友。

那天下午发生的，我忘不了。

小K出了车祸，她跑在我前面，我去追她，其实我之所以去追是想告诉她小心有车，只是还没来得及说出口，小K就被撞飞了，被一辆飞驰而来的摩托车给撞飞了，撞在了石柱上，血流得满地都是，我就在一旁看着完全呆了。

在医院我被妈妈重重打了一巴掌，我号啕大哭，在那时我才意识到原来比起那顶帽子，小K要重要太多。

后来小K出院了，不知道从什么时候开始我跟小K之间再也不像之前那么要好。

5

小K成绩比我要好，所以我们读了不同的班级，后来小K父母带她去了广州。

许多年以后再次见到小K，说来惭愧，是她先认出了我，我可一点也认不出来她是小K。

女孩问："你是小乌？"

我大惊："你怎么会知道我小时候的外号？"

女孩说："知道我是谁吗？"

我盯着她的脸看了半天，除了漂亮还是漂亮，真的想不起来其他的。

女孩说："你这个人居然把我忘了。"

瞬间我被她搞糊涂了，她到底是谁，我可不记得我有认识这么一位漂亮姑娘。

女孩又说："你慢慢想吧，什么时候想起来再打电话告诉我。"

女孩转身的瞬间，我头脑突然闪过一个小女孩戴着我的报童帽，我拿着相机给她拍照的场景。

小 胖

在我记忆里有这么一个小胖子，每次吃糖都会吃得满嘴都是，然后乐呵呵地冲着我傻笑。

我记得他是很胖的，其实也不算太胖，微胖吧，不过跑起来胸前的肉依然抖来抖去的。叫什么如今我已经忘了，那时我不经常叫他名字，见到他只叫小胖，我见他奶奶也是这么叫他，于是大家也跟着这么叫了。

小胖子爱吃糖，每天傍晚一放学，路过田伯的店门口都能看到小胖在那买糖，我们大概就是在田伯店门口认识的。刚认识小胖时我大概是八岁的时候。

我跟小胖喜欢给一个地方乱起绰号，比如田伯那附近被我们叫成圆角，当我们说，走，去圆角时，大人是不会知道我们所说的圆角是哪里的。

田伯那附近还有个游戏厅，我们经常去那里，当然打游戏的钱全部都是来自小胖，零食的钱也是来自他，他的零用钱在当时的我看来简直是多得用都用不完，我就这么无耻地用着他的钱打游戏。

田伯附近的游戏厅，我跟小胖一到放学就会背着书包跑去那里，老妈并不让我去游戏厅，说那是坏孩子去的地方，小胖他奶奶同样不让。

　　星期六和星期天我们玩得更加疯狂，几乎玩一整天，到了吃饭时间再回来，吃完又跑去游戏厅。我们总是偷偷跑去那里，然后再偷偷地跑回来，结果谁也没发现我们是去打游戏。

　　当父母问起一整天去了哪里，我就说去小胖家，小胖就说去我家，这招我们用了半年多，父母都没有发现什么。

　　第一次去小胖家就像是进了玩具屋一样，他房间的每个地方都堆满了玩具。变形金刚、遥控车、飞机模型，全是我没有的玩具，我看着小胖，眼里是羡慕跟憧憬。

　　小胖从玩具堆里拿出一个特大的陀螺，说："你猜一下它多少钱？"

　　"多少？"

　　"你猜啊！"

　　"五块钱？"

　　"不对。"

　　"那十五？"

　　"不对不对。"

　　"那二十。"

　　"哪有这么便宜啊，我买的六十啊！"

　　"你妈真好，十块以上的陀螺，我妈就不肯给我买了。"

　　"我妈才不好呢，是我奶奶好，玩具都是她买的。"

"那你妈呢？"

"不知道，每天她都是不在家的，不知道在忙什么。"

的确，我的确没有看到过小胖的妈妈，我时常以为他没有妈妈。

"小胖，你好像瘦了。"

"没有啊，哪里瘦了？"

"真的瘦了，而且瘦得很明显。"我严肃地说。

"天天被叫小胖小胖的，连我妈妈也这么叫我，都被你们叫胖了，哪里会瘦。"

那时我真的觉得小胖是瘦了不少，但小胖说没有于是我便没有多想。

周日在小胖家玩了一整天，最让人羡慕的除了玩具，那就是小胖他房间有自己的电视机，哪像我想看电视的话还得抢到遥控，然后把遥控给藏起来，不然电视便会被老姐霸占。

我一边走一边想，越想越觉得憋屈。

于是那天一回去，我便吵着老妈要再买个电视机放我房间里。老妈当然是不可能同意，于是我每小时在她面前说一次，她一脸茫然地看着我，然后把我臭骂一顿。

小胖经常说无聊，我实在不知道他在无聊什么。

在那时的我认为小胖简直幸福死了，要玩具有玩具，要零用钱有零用钱。我看着小胖，眼里除了羡慕还是羡慕，那时竟不知道小胖其实也在羡慕我。我时常想问小胖，你有这么多玩具为什么不玩？为什么还说无聊？后来我才发现小胖也许真的很无聊。虽然他有很多玩具，但父母却不在身边；

虽然有很多零用钱，但朋友却很少。

小胖虽然经常往外跑，但在我看来，他家还是很好玩的，尤其是那把铁剑。

那是一把已经生锈的长剑，虽然已经完全生锈，但还是控制不了我的手经常去摸。我问小胖："这剑哪来的？"小胖满脸骄傲地说："我曾祖父当年打鬼子留下的。"

我满脸不相信："骗人，我看电视上演，打鬼子都是用枪的，你曾祖父用剑？那岂不是被打得很惨，会被打到身上一个洞一个洞的。"

"你才一个洞一个洞的，你知道什么，电视都是骗人的。"小胖满脸不服气。

"我看你才骗人。"

"我曾祖父的剑比枪还厉害，别人拿枪他拿剑就够了，枪打不到他，他很快就避开了。"小胖又满脸骄傲地说。

"骗人骗人，又骗人，鬼才相信你，再骗人小心鼻子变长，分明就是被打得一个洞一个洞的。"他说的话我完全不信，只当他在放屁，但即使是如今我依然觉得那剑很酷，虽然已经完全生锈。

那剑的确很酷，但在我童年里只见过两回，后来便把它完全忘在脑后了。

去小胖家，他通常不在，但要找到小胖并不是难事，要么他就在游戏厅，要么就在田伯的店门口。除了两个地方，他不会去其他地方，所以小胖若不在家，我通常会去游戏厅，还有田伯那里找，无论哪次我都能顺利找到小胖。

但有一次我真的找不到他了，家里没有，游戏厅没有，田伯的店门口也没有，跑遍附近的每一个街道，每一个角落，还是没有找到。我觉得很奇怪，他不可能会去其他地方的，不可能的。他就像是凭空消失一样，消失得一点动静也没有。

是不是有一天我也会像小胖那样突然就消失了呢？而且不被任何人记住？我越想越害怕，害怕到发抖躲在被子里哭了起来。

第二天一大早我又去找小胖，但依然看不到小胖的身影，我去了小胖所有会去的地方跟所有不会去的地方，但依然找不到。第三天，第四天同样如此。

第五天忍不住去敲了敲小胖他家的门，想问小胖的奶奶，小胖究竟去了哪里，但没人开门，我回家了。直到第八天去敲门时才有人开门，是一位阿姨给我开的门，我猜测她可能是小胖的妈妈。

我问："小胖在家吗？"

阿姨说："小胖他不在。"

我说："我是小胖的朋友，他什么时候回来？"

阿姨吞吞吐吐地说："小胖，小胖他去他爸爸那边玩了，大概——一个星期吧，才能回来。"

"一个星期啊！"

那天我就这么回去了，不知道为什么我感觉到小胖他妈妈在骗我。

一个星期之后我再次去了小胖那边，这次我见到小胖了，他又瘦了许多，几乎让我认不出来了。

"小胖这个星期你去哪儿玩了？"

"没有啊。"

"你——病了？为什么我感觉你好像又瘦了。"

"前几天不太舒服所以住院了，没什么胃口，不过现在没事了。"

"真的没事？"

"没事了。"

"那还吃糖吗？我请你，这次我攒够钱了。"

"就请吃糖？"

"好吧，那还请你打游戏。"

这是我跟小胖最后一次去吃糖、打游戏。

之后我又有好几个星期没有见到小胖，后来我搬家，离开了那个地方，当我两年后再次回到那里，便听小胖他奶奶说小胖已经去世了，并且已经走了两年。

听到这个消息当时我就哭了，妈妈经常对我讲，男孩子不可以掉眼泪。我很听话，真的很少掉眼泪，但唯独那次我掉眼泪了。

小胖，你在天上大概会有很多糖吃吧，所以你才会去那里。我知道你喜欢吃糖，所以后来我烧了许多糖给你吃，在你的坟前我泪如雨下。

许多年后路过田伯的店门口，田伯依然在那儿，只是他那店已经关了，但我还能记得小胖在店门口吃糖的情景。

他转过身来，然后笑呵呵地说："你要吃吗？我请你。"

小手指

多年以后，我见过不少女孩，但依然见不到像当年你这么爱笑的女生，你是那么爱笑，并且笑得又是那么开心。

1

三年级的时候，我跟妈妈还有老姐到了深圳，并且在那里住了两年半时间。刚去时很兴奋，但这种兴奋维持不了多长时间，因为刚到深圳，那时家里既没有电视，旁边也没有熟悉的朋友，可以说是无聊得要命。

妈妈在深圳做起了小生意，于是我到临近的学校上了小学。那学校叫什么如今我已经完全记不清了，学校不大，应该说算小了，只有一栋教学楼，但我们那个班似乎有不少人，大概有五十多人。如今想想，那时全年级好像就我们班人数是超过五十人。

班上许多同学并不是本地人，这让我十分懊恼，因为他们各讲各的方言，我完全听不懂，他们也听不懂我说什么。

我不断地寻找着，时刻希望能在五十多人中找到同乡，又不好意思问，于是故意说了很多别人听不懂的潮汕话。

五十人我几乎都试了一遍，最后只有一个人能用潮汕话正确地回答我。

她叫丹丹，最让人觉得奇特的是她有十一根手指，蘑菇头，在她左手无名指旁边多了一根小手指。

第一眼见到丹丹，就已经注意到她那根多出来的小手指。我很好奇，想问又问不出口，于是盯着她的手看了好久都没发话。

丹丹笑了笑把手伸出来张了张道："你在看我的手指吗？"

我沉默了一小会儿，但眼睛依然看着她的手，说："你那多出来的小手指是怎么回事？"

丹丹笑了笑说："从小就有的啊！"

我狐疑地问："从小？"

丹丹说："是啊，生下来就有的，我也不知道为什么。"

我说："挺可爱的啊！"

丹丹把眼睛笑成了一条线："哈哈，我还是第一次听到别人这么讲。"

我说："是真的，小手指很可爱，没骗你。"

丹丹没有讲话，她又把眼睛笑成了一条线，我看她一直在笑，仿佛不会再停下来。

我沉默了许久，鼓起勇气，说："可以跟你握握手吗？"

丹丹愣了一下："握手？为什么？"

我不好意思地抓了抓脑门儿，说："没什么，突然想跟你握手！"

丹丹点点头："可以啊。"

我伸出左手跟她握了手，其实目的是为了能碰到她的小手指。

后来我们成为了很好很好的朋友，丹丹是我在深圳交的第一个朋友。

迄今为止，我没有见过这么爱笑的女孩，那时我不明白为什么她这么爱笑，这笑声让我到现在都无法遗忘。

她笑得那么开心又那么兴奋。

2

丹丹父母同样是来深圳做生意的，她的住处，离我那里不远，因此我时常有事没事地就跑过去找她。因为那时在深圳我只跟她最熟，所以出去也只能找丹丹玩。

有一天放学，见到一位弹吉他卖唱的人，他一边走一边弹。我跟丹丹看他弹得好听，于是就故意跟着他，他一路走到哪儿我们跟到哪儿。

一路下来他弹了好多曲子，那曲子我们都不知道也没听过，只觉得好听。

他经过我们学校附近的大斜坡，我们想继续跟下去，结果他不耐烦地大喊："你们都跟了那么久了，听了那么久也不给钱。"

我在口袋抓了抓，拿了一百块出来，他的眼睛马上睁得大大的，结果发现是玩具币。

学校的那个大斜坡经常有这样的卖唱人，一被我们遇到，就缠着他不放，缠到最后，他无奈拿了五块钱出来，道："小朋友，你赢了，五块钱拿去买糖吃。"

我跟丹丹经常去那儿玩。有时候一放学就会跑去那里，骑着单车从上面直接就这么滑下去。但学校是不让我们到那附近玩的，所以我跟丹丹时常被同学告状。不过最经常告状的不是同学，而是我老姐，但即使那样我依然经常跑去那里。

有一次我从上面滑下来，差点摔了个半死，全身好几处都摔伤了，在家躺了好几天。

那段时间丹丹好几次来看望我，只要一放学就会过来，她还同时带了另一个人过来，他是丹丹的哥哥大嘴。

见到大嘴，我第一反应是看了看他的双手，有没有像丹丹一样有十一根手指。

大嘴的手指是正常的，除了嘴巴大一点。

我沉默了半天说："丹丹，你跟我以前的一个朋友很像。"

丹丹说："是吗，像在哪里？"

我说："像在你们一样都是短发，不过她没你厉害。"

丹丹狐疑地问："我比她厉害在哪里？"

我说："厉害在你比她多一根手指。"

丹丹听完又把眼睛笑成了一条线。

其实我真正想说的是，他们兄妹一点都不像，但这种话我不可能说得出口。

不过他们兄妹真的不像，丹丹很爱笑，但大嘴就不是了，这点也跟丹丹不一样。不仅是我认为不像，之后见过的人都说不像。我时常怀疑，大嘴其实不是她亲哥哥，但这仅仅是我自己头脑的幻想罢了。

3

在我妈店铺附近有很大一面墙，那墙一早过去突然多了一个大大的"拆"字。

我不知道那"拆"字究竟是什么时候写下去的，只知道当时一早过去它就写在那儿。

我问丹丹那"拆"字是什么时候写上去的，丹丹摇摇头说不知道。跑去问大嘴他也直摇头说，那"拆"字前几天就有了。

虽然不清楚，但我们都知道，这附近都要被拆掉了。那"拆"字不仅那面墙有，附近的其他地方也有。

不久过后那地方真的被拆掉了，妈妈不得不搬家，又找新的店铺。

新店铺离学校有一段距离，妈妈要求我换学校，但我死活不愿意，即使当时要乘十五分钟的公交车才能到学校。

有一次放学，在公交上睡着了，坐过了站，醒来天已经完全黑了。

妈妈见我许久都没回来着急得要命，差点就报了警。我在路边害怕个半死，后来我问了路边的阿姨怎么坐回去，现在想想都后怕。

过了不久，丹丹也搬家了，但我不知道她究竟是搬到哪儿去了，我没有问，她也没提起过。

后来的一段时间，我们便越来越少接触。在深圳丹丹搬家的最后一天，那时在学校里，我跑到丹丹面前，没有说太多，只说了一句："丹丹，可以再跟你握一下手吗？"

这句话，刚见面的时候我说过。丹丹依然是跟那时一样，愣了一下，然后笑了笑跟我握手。

那是我最后一次见到丹丹，之后再也没见过，多年以后再次想起她，只记得她那张笑脸跟那特别的十一根手指。

无聊的时光

大概在我十一岁那年，那段时间，我是在深圳度过的，在那里待了两年半。

在深圳当时度过了一段很无聊的时光。因为无聊在去之前我买了一堆糖，把它装在盒子里。

在去深圳的路上，我把糖全部倒在椅子上，像傻瓜一样一颗颗数，里面有好几种颜色，好像有五十颗糖。那时我决定每天吃一颗，以此来打消无聊的时光，结果我发现一颗糖吃起来不过瘾，于是一直吃一直吃，结果那一年蛀牙痛得要命。

气球也买了不少，不过气球是比我大三岁的老姐买的，她说糖吃多了会得蛀牙，我不信，结果真的得蛀牙了。

其实无论是买气球还是糖或者是别的东西，终究是因为无聊，我到了一个完全陌生的地方，陌生的环境，没有朋友，没有可以敞开心扉聊天的人，面对的只有我不认识的邻居和陌生的大人。

我妈白天要去忙店里的事情，没时间去接我们放学，因此那段时间一路上我都是跟老姐走回去。

那时老姐读六年级，我二年级。

她牵着我的小手过马路，那条马路很宽，光走过去就要几分钟的时间，每到过马路她的手就会牵得更紧一些。

放学路上总能看到小孩手里握着不同颜色的气球，手一放气球便会飞走，所以他们都紧紧握着，没有放开，害怕气球飞走，就像当时过马路老姐紧紧地握着我的手一样。

穿过马路，就到菜市场了，那时我妈的店也在那儿，在那里能见到不同的人，特别是那些砍价的大妈，为了能便宜一块钱，跟我妈说了半个小时。

那时的我就觉得她们很神奇，当时就想，是不是每个女生到了一定的年纪都会变得那么啰唆。

我看着她们，觉得她们都是很神奇的生物，为一块钱能讲上数个小时。

刚到深圳的那几天家里还没有电视，因此整天除了吹气球就没事干了，无聊到头疼，什么都玩。

连树上的毛毛虫也玩。无聊得很，于是抓条毛毛虫放在老姐书包里，她被吓得半死，于是我被老妈骂得半死。

后来气球被我用完了，幸好后来认识了不少新朋友，再后来因为拆迁，再次搬家。

那时爸爸因为工作不在妈妈身边，因为拆迁妈妈她不得不找新的店铺。

新店铺离学校远好多，搭公交也要十几分钟。

店铺二楼就是我们睡觉的地方，二楼没有床，打地铺就这样睡了，那时我调皮，晚上喜欢乱蹦乱跳，妈妈拿我没办法无奈之下就骗我说，这里的地板很薄，你乱跳的话，地板会塌下去。

我一听害怕了，竟然信以为真，以为二楼地板真的很薄，慢慢地在我脑海里已根深蒂固，后来上二楼就连翻个身跟喘气都不敢太用力，怕睡着睡着会塌下去。

无数个夜晚我都梦到，睡一半二楼就塌了。

有一天我看到老姐在楼上跑得很快，于是我大喊："地板很薄，会塌下来的。"

老姐愣了一下说："哈哈哈，你是听谁说的？"

我坚定地说："妈妈说的。"

老姐听完骂道："傻——瓜！你被骗了！"

大概是我太容易去相信别人的缘故，像这种傻瓜才相信的话，我居然很相信，并且相信了整整一年。

妈妈新店铺是在车站附近，我还记得当时有个比我还小的小男孩，他天天都会跑过来跟我玩，我时常跟他比赛，其实他的真正目的是为了能免费吃到我家的雪糕。

他家有篮球，我家有零食。我们在附近的篮球场比赛投篮，比赛跑步，比赛一切能比的东西，因为我比他大两岁，所以每次都是我赢。

然而每次跑得很累时他就会说："刚才我篮球给你玩，你是不是应该请我吃雪糕，巧克力也行，能加几包薯片就更好了。"

他每次结束时都会这么讲，当然我每次都会请他，我不用去买，偷偷地跑回店里，只要妈妈没发现，在冰箱里拿出来就行了。

由于我动不动就拿的缘故，也没告诉老妈，结果老妈发现有些东西莫名其妙地减少，后来我被骂得很惨。

在深圳的新年是最无聊的新年，妈妈依然忙着她的生意，我也会帮忙看店，叫我看店的结果就是被我收到了一大堆假币。

深圳的新年没有老家的虎狮表演，没有人给我们红包，也没地方可以去拜年，整天除了在房间里来回走，一直转圈之外就是对着电视发一下午呆。

附近的朋友，不是去旅游就是去拜年，连小男孩都不在家。

再后来最热的夏天就到了，最热的时刻我喜欢翻冰箱，有时候闲着没事，隔几分钟就去翻一次。

妈妈不让我翻，我翻一次她会唠叨半个小时，但还是避免不了我偷偷地从冰箱里拿雪糕。

我会一次性拿出许多，去请别人，我很乐意去请别人。这样他们都会跟着我，我带领着一队人，东跑西跑，我就像他们的老大一样，走遍大街小巷。每个人手里拿着雪糕，一边舔一边走，大人看到我们总是一脸蒙。

刚到深圳的那段时间我家是没有电视的，我经常会跑到隔壁家去看，一天到晚都待在那里。后来有了，我跟老姐都兴奋得不得了，但那电视不知道为什么只有几个台，所以电视节目被我重复换来换去的，一天到晚坐在椅子上就在那儿按，也不干别的事了，直到后来遥控跟电视都被我按残废了。

在深圳的那些日子是那么无聊，但我总是能自得其乐地让自己不那么无聊。

后来离开了深圳从此再也没有去过，如今翻照片会翻到那时的照片，我跟小男孩拿着篮球，对着镜头傻笑。

虽然当时真的挺无聊，但仍然会偶尔让我想起那段无聊的时光。

记忆中的冬至

在百度搜索冬至，百度百科这样写道：冬至又名"一阳生"，是中国农历中一个重要的节气，也是中华民族的一个传统节日，冬至俗称"数九""冬节""长至节""亚岁"等。

据说冬至吃汤圆在明、清时期已经有的习俗，各家要做汤圆，围着吃汤圆，叫添岁，古已有之。

但在我儿时的记忆里冬至就是能吃到汤圆这么简单而已，一说到冬至的第一反应就是汤圆，那时很盼望能吃汤圆，妈妈常常口里这样念，吃了汤圆就表示长一岁。小时候听到这话便很高兴，吃完立马去量身高，看看有没有长高，发现自己比去年长高了许多，常常会兴奋许久。

时隔多年，如今到冬至，我却已经无法再像小时候那样去吃，不是不愿意吃那汤圆，不是因为难吃，而是由于想到妈妈的那句话，吃了汤圆就表示长多一岁的缘故。

你大概会发现，越长大就越害怕长大，感觉冬至吃汤圆的那种兴奋恐怕只有小时候才有。

吃完汤圆感觉自己真的长大了一点点，于是跑去量身高，也只有幼儿时的我们可以如此。

吃一碗汤圆也没觉得有长大多少，当然不可能像小时候那样去量身高，因为身高已经不会再长了。

如今越来越不像学生时代那样，去时刻注意日历，一到假期就兴奋。如果不是看到妈妈昨天在揉面粉准备做汤圆，我真的不知道原来已经到冬至了，一年又要快过完了。

小时候妈妈揉面粉我会走过去蹲在一旁看，时刻希望自己也能去揉一揉，但妈妈总是不肯，说我没洗手，手脏。

我不服，马上去洗手，跟妈妈一起揉面粉。

那时揉汤圆我会故意揉得很大，然后吃的时候再去找那个最大的汤圆，用汤勺舀起，大喊，这个最大的汤圆就是我揉的。不知道哪来的各种兴奋，各种成就感。

在中国，北方的冬至是吃饺子而南方则是吃汤圆。这些习俗都不曾被我们忘记。

但现在的中国人奇怪的开始过什么圣诞节、平安夜。圣诞节还未到，餐厅便高高挂起圣诞节的各种装饰品，玻璃上还贴着圣诞老人。

说句实话在去广州读书之前我从来都不知道有平安夜这个节日，那日宿舍的人开始纷纷去买苹果，大家都跑来问我，苹果买了没？我说，没有，为什么要买苹果？而且只买一个，自己不吃？我问他为什么？他说，今晚是平安夜，苹果是送给女朋友的。从那时候开始我才知道了什么是平安夜。

　　在过外国节日的同时也请不要把自己国家的节日给忘记了，它们才是最重要的。

　　吃月饼是中秋节，吃粽子是端午节，吃年糕是春节。你大概会发现无论哪个节日都得吃点东西或者是要干点什么。不管是哪个节日，吃的是什么，习俗是什么，都应该被保留下来，都有它的意义，因为这样就不会被忘记，这样就能让我们记住一年中的每一个节日。记住吃月饼赏月的是中秋节，记住吃年糕的是春节，记住登山的是重阳节，种树的是植树节，吃汤圆的是冬至。

　　记住这些中国的每一个节日。

床底下的粉红小猪

八岁生日那年，爸爸送了我一件生日礼物。他下班回来后，我很兴奋地跑出房间，迫不及待想去看看，那是什么礼物。拆开来，结果看到的却是全身粉红色的毛绒玩具，一只粉红色的毛绒小猪。

我看了看，用很嫌弃的表情说："怎么是毛绒玩具？不是模型飞机？而且还是粉红色的？我又不是女孩子。"

爸爸说："粉红小猪不好吗？我看着挺可爱的啊！还以为你会喜欢。"

我皱了皱眉头喊："怎么可能会喜欢，粉红色的啊！"

爸爸说："要是不喜欢，那我现在就拿去换。"

我拿着小猪摇摇头说："算了，不用换了，太麻烦了。"

我觉得重新拿去换，太麻烦了。既然是爸爸送的我就收下了，但我还是嫌弃它的颜色是粉红色的，所以把它扔在了床底下，不管不顾。

后来时间一长我便忘记了这只小猪。

直到有一年的冬天，天气很冷，窗外已下着大雪。这让我再次想起了它，曾经我有这么一个毛绒玩具，于是我打算找回它，那个曾经被我丢掉了的粉红小猪。

我在房间的每个角落都翻了个遍，但无论如何就是找不到。它好像不在我房间里面，更不可能在外面，那粉红小猪究竟在哪里？

我突然想起来了，小猪好像被我扔在了床底下，于是趴下看了看床底，发现有几只不知道放了多久没洗的臭袜子。我把臭袜子移开，手伸进去向里面摸了摸，但并没有碰到什么。里面一片漆黑，看不到尽头有什么。我想爬进去看看，但又怕床底下有蟑螂跟蜘蛛，所以犹豫了片刻，最终毅然决定要爬进去看看。

我爬了进去，一边爬，手一边向前抓了抓。里面一片漆黑，从来没发现床底下这么宽广。

我继续向前爬去，但不知道为什么，无论怎么爬都爬不到尽头，前方如同一个无底洞。我向后面看了看，床已经没有了，身后已经没有了路。我莫名其妙地到了另一个地方，好像已经不在我房间的床底下了。

站起身后我面前所站着的，是我之前扔掉的粉红小猪，它站在我面前，手里拿着灯笼。

我吓了一跳，"你是——粉红小猪？"

粉红小猪说："哈哈，还以为你不认识我了。"

我问："这是哪里？为什么这么黑？"

粉红小猪说："你已经不要我了，为什么还来找我？"

我愧疚地说："对，对不起。"

粉红小猪说："算了，既然来都来了，就跟我过来看

179

看吧。"

我说："你还没有回答我问题，这是哪里？"

粉红小猪一边走一边说："你从什么地方进来的。"

我说："床底下。"

粉红小猪说："那就是啦，还问！"

我又吓了一跳："开什么玩笑！我床底下有这么宽广吗？"

粉红小猪听了大喊："当然有啦！当年还多亏了你把我扔床底下不理不顾，我才发现了这个地方的。"

我听了说不出话来，沉默了一小会儿，"那这个地方怎么黑乎乎的？"

粉红小猪说："床底下当然会暗啦，笨！"

我手里没有灯火，四周又黑乎乎的，我怕走丢，于是紧跟着。前方的路好长好长，已经走过了很久依然看不到尽头，似乎永远都走不完了。

我开始有些不耐烦了，"到底还有多远啊！你要带我去哪里？"

粉红小猪继续走着："快到了，人类就是这么没耐心。"

慢慢地，突然前面出现了一道亮光，粉红小猪向亮光指了指说："看到没有，就是那里，那道亮光就是出口了。"

越往前走光就越强，眼睛被照射得已经睁不开了，但我依然继续向前走着，当我睁开眼睛的时候已经是另一个地方了。从来不知道，也从来没有想过，爬进我的床底下居然还能通往这个美丽地方。

　　粉红小猪熄了手上的灯火，眼睛一直望向前方。前面好像有人走过来了，太远了看不清是什么，只知道朝这个方向走来。粉红小猪继续站着没说话，好像是在等着哪个人。

　　我看了看小猪说："粉红小猪我想问你一个问题。"

　　粉红小猪转了过来，看了看，说："问什么？"

　　我隔了几秒钟问："你——是男生还是女生？"

　　粉红小猪皱了邹眉头大喊："废话！你说呢！"

　　我顿了顿说："男的？"

　　粉红小猪听了又喊："什么男的！人家是女的啊！"

　　我听了鸡皮疙瘩出来了："除了粉红色外，我还真看不出来你哪里像女生了。"

　　粉红小猪眼睛狠狠地瞪了瞪："再胡说，小心我捏死你！"

　　我立刻捂住了嘴巴。

　　这时候远处的人已经走近了，我看了看发现不是人，它是一条蛇，但好像又不是蛇，下巴有白花花的胡子，手里拿着个蛇形拐。

　　看来是条老蛇，它看了看我们一句话没说，转身走了。粉红小猪立马也跟了上去，我也跟着过去了，这地方人生地不熟，不敢随便乱跑。

　　老蛇带我们到了一条很难走的小路，然后再过一座小桥，过了小桥之后继续走着小路。慢慢地前面开始起雾了。

　　两脚几乎已经走得快要起泡了，至今从来没有走过这么长的路。

　　但最终还是到了。

老蛇指了指说："前面那座宫殿就是了。"

远远望去宫殿很华丽，但走近才发现它并不华丽，可以说已经有点老旧。

走进宫殿才知道，那是一座收留所，它收留着所有别人不要的东西。那条老蛇是这里的国王，它管理着这里的一切。

老蛇说："这下你知道这里是哪里了吧。"

我问老蛇："当年粉红小猪也是你收留的？"

老蛇沉默了许久，然后说："我需要粉红小猪来继承我的位置，是我让它能开口说话的，包括这里原本不会讲话的东西。"

我狐疑地问："啊？粉红小猪继承？为什么？"

老蛇叹了口气说："不久以后，我就要死了，需要有人继续来管理这里，我想了想，粉红小猪最适合。"

我说："原来如此。"

我逛了逛四周，发现全部都是一些别人不要的东西，甚至连流浪猫、流浪狗都在这里。

所有别人看来已经没有用的废物，在宫殿里都被老蛇赐予了生命。难怪它要这么用心坚守这里；难怪它愿意用一辈子看守这里。

我继续逛着宫殿，宫殿虽然破旧但却很大，无论怎么逛，总有新的地方未曾走过。

后来我就莫名回到了房间里，睁开眼睛发现已经躺在原来那个房间的床上，不知怎么腰酸背痛，像被揍过一样。

连我也不清楚自己究竟是怎么回来的，只记得一直逛宫殿，逛着逛着，莫名地就回来了。

这让我感觉一切都好像只是梦境。

我再次趴下看了看床底，发现里面既没有粉红小猪，也没有臭袜子，倒是有一堆以前就堆在床下大大小小的包裹。

也许我是在做梦，也许不是，但我相信它不是梦。因为脚依然是酸的，脚底依然有泡泡，很明显我的确赶过很长的一段路。

如果不是梦的话，我想粉红小猪现在应该在宫殿里准备着当它的国王了吧！

旧照片

时间真的能改变很多东西，照片被保留下来了，但我们都在变，逐渐变得跟照片的那个自己不一样了，逐渐地成长，变得更好，变得更成熟。被拍摄下来的环境也会随着时间改变。每一张照片，它总有一天都会变成回忆。每一张新的照片，总有一天它们都会变成旧照片。

从小到大拍了不少照片，那都是爸爸用照相机一张张拍下来的，从我未出生时就已经在拍了，当时没有现在的智能手机，所以只能用照相机去拍，那相机大概是借的。

照片很老，有的看上去还很新，有的已有很多皱折，它们都被爸爸一点一滴地保留下来，记录了妈妈、爸爸、老姐跟我的所有回忆。每一张照片都记载着时间，是爸爸在相片背面用笔写下来的，那笔迹已经不清晰了，只能隐隐约约地看到一些。

有一张照片是我抱着一棵椰子树时被照下来的，那时我大概是十岁，我还记得是我叫爸爸把我抬高一点，然后我抱着椰子树，再叫上妈妈拍这张照片，现在看来当时笑得蛮滑稽的。

小时候我曾扮过皇帝、展昭，是学校为我们拍的照片，现在那照片还留着。当时我还在读幼儿园，全部同学都拍了，轮到我拍时，有一种说不出的兴奋。我穿上了皇帝的衣服，正襟危坐，摄影师连续拍了好几张。

在换展昭衣服时我更兴奋，比穿皇上的龙袍还兴奋，我闭上眼睛，头脑开始幻想，似乎自己真的就是那个展昭。

于是回家时我拿着一把玩具剑在椅子之间乱跳，口里还模仿着电视剧里的台词，当时差点儿把电视划出了一条痕迹。

我还看到了许多我未出生时的照片，年轻的妈妈，那时妈妈还是长发，穿着蓝色的裙子，手里抱着还很年幼的姐姐。而我还未出生，在妈妈肚子里。我继续翻着照片，妈妈的长发慢慢变成了短发。

有一张是爸爸年轻时的照片，照片里有三个人，三个人都很青涩，实在看不出哪位是爸爸。

我问："哪个是你？"

爸爸说："自己猜猜看啊，哪个是我。"

我想了想说："那个比较胖的是你。"

爸爸听了说："你这是什么话，那个最帅的才是我好不好。"

我说："骗人吧，你以前那么瘦？"

爸爸得意地说："废话，我以前可帅了，在学校不知道有多少女孩追你老爸我。再说我现在也没那么胖吧。"

我用余光看了看爸爸，说："就会吹牛。"

爸爸说："什么叫吹牛，不然我怎么娶到你妈？当年可是你妈追的我。"

我看爸爸越说越尽兴，便没有打扰他，虽然我觉得他在吹牛。

爸爸又说："以前我不仅帅，胆子也很大。"

我狐疑地问："怎么个大法？"

爸爸说："我经常跟同学去游泳。"

我插嘴道："这没什么吧？"

爸爸说："你听着，别插嘴，重点是还经常跟同学在山上玩捉迷藏，而且还是晚上，附近还有不少坟墓。"

我说："在坟墓旁玩捉迷藏？不怕鬼上身？"

爸爸说："那是电影里才会发生的。"

爸爸又说："游泳的时候我还抽过筋，当时差点死了。"

我好奇地问："后来呢？"

爸爸说："后来同学发现不对劲儿，是他们救了我。"

我问："以后就不敢去游泳了？"

爸爸大喊道："谁说的！我依然每天都去。"

我怀疑地说："没见爸爸去过。"

爸爸皱了皱眉头："那还不是因为忙啊，要上班养活你们。"

爸爸在继续吹着他的牛，我眼睛看回拿在我手里的照片，照片里的爸爸还是青涩的少年，那时的他做过许多事情，但时间让他慢慢变成如今成熟稳重的中年。

我看着照片里还很青涩的爸爸，再看看现在逐渐正在老去的爸爸。

　　时间真的能改变很多东西，照片被保留下来了，但我们都在变，逐渐变得跟照片上的那个自己不一样了，逐渐地成长，变得更好，变得更成熟。被拍摄下来的环境也会随着时间改变。每一张照片，它总有一天都会变成回忆。每一张新的照片，总有一天它们都会变成旧照片。

　　那时的爸爸也有他的梦想，只是那些梦想慢慢地都变成了我们。以前总觉得奇怪，为什么每到过年爸爸急着给我们买衣服，但却从未见他给自己买过。然后我还问了爸爸为什么不买新衣服。

　　如今想想才知道，这个问题是多么的傻！

小蜘蛛的故事

从出生它就住在四面墙里，这里的一切一切都是这么熟悉。但它渐渐地已经厌烦了这里，想去自己心中梦想的地方。

1

小蜘蛛有一个梦想，希望能去世界上所有地方所有的角落到处看看，但它实在是太小，能去的地方实在有限，以它的能力能做到的，仅仅只是爬出那四面墙，再远的就不敢想了，因为它没出去过。

当它向跟它一样小的蚊子说出自己环游世界的梦想时，蚊子就在一旁一边大笑一边说："拜托，你连翅膀都没有，还环游世界？你能走出这四面墙再说吧。"

小蜘蛛听了很不服气，道："好吧，总有一天我会证明给你们看的。"它知道自己很小很小，但小蜘蛛并不想一辈子就这么待在网里，所以它毅然决定出发了。

小蜘蛛从小就见证了许多蜘蛛前辈，被人类拖鞋打扁的遭遇。所以有时候会庆幸自己很小，小到完全不引人注目。

小蜘蛛一直沿着墙壁走，从这面墙走到那面墙。

连附近飞来飞去的苍蝇都说它很勤奋，叫它歇一歇，但小蜘蛛太着急赶路，根本没有听到苍蝇讲话。

壁虎在灯管下来回地爬来爬去，有自己的事情要做，没有理会其他事情。角落里其他蜘蛛在网中央一动不动，守着自己的猎物。

小蜘蛛一直向外面爬去，希望能快点爬出那四面墙。

终于它爬出来了。爬出来，它才发现外面是更广阔的世界。对小蜘蛛来讲那四面墙已经够大了，没想到外面的世界更大。

小蜘蛛霎时间怔住了。

2

它在门口呆呆地站了好几分钟，实在不知道该往哪个方向出发，只能在原地站着。

小蜘蛛头一次感到如此迷茫。

旁边站在树枝上的乌鸦看不下去了："既然都已经出来了，就到处走走啊，要么就回去，别在这儿站着！"

小蜘蛛听了觉得有道理，但又不知道要往哪个方向才是最好的，于是问："乌鸦大哥，你认为我该往哪个方向去最好？"

乌鸦说："这得你自己走走看才知道，再说我怎么知道你要去哪里。"

小蜘蛛更迷茫了，不敢向前迈向一步，在原地停留了一会儿之后，才决定出发。

它向着自己认为最好的方向出发了，向四面墙告别，离开了它所熟悉的地方。

3

小蜘蛛停在人类的车上，它认为这样就能去远方，车带着它跑了很远很远，到过很多地方。

车带着它到了一个人来人往的地方，小蜘蛛开始庆幸自己没有在地上，否则肯定会被踩扁。

突然不知怎么刮起了大风，把小蜘蛛刮得晕头转向，它没抓稳，被刮到了另一个地方，醒来发现是一个很大的花园，那里有数都数不完的花朵。

红的，白的，紫的，各式各样。

花园里有一个金色鬈发的十岁小女孩。

小女孩每天都会过来，有时候一待就是一整天。每日都会来浇水，一边浇水，一边绕着花园转圈，一圈两圈三圈……

小蜘蛛站在叶子上，远远看着小女孩转圈。后来她看到了小蜘蛛，这只新来的昆虫，小女孩把脸凑了过来，小蜘蛛吓得浑身发抖，动都不敢动。

"你是从哪儿来的？"小女孩说。

小蜘蛛没有说话，它被吓坏了。

小女孩又说："之前没有见过你啊？新来的吗？从什么地方过来的？"

小女孩见蜘蛛没有回答，笑了笑转身离开了。

小蜘蛛依然没有讲话，但它已经不那么害怕，不那么发抖了。因为它发觉小女孩好像不是什么坏人。

霎时间蟋蟀从后面跳出来，把小蜘蛛吓了一跳。

蟋蟀说："不要害怕，那个女孩是这里的园丁，她每天都会过来的，刚刚是给花浇水。"

小蜘蛛沉默着，它刚来到新的环境，还很不适应。

蟋蟀又说："看你的样子笨笨的，你可知道这里也是有规矩的。"

小蜘蛛狐疑地问："什么规矩？"

蟋蟀跳到了另一片叶子："对啊！有规矩，你跟我过来，别慢慢吞吞的。"

小蜘蛛努力跟上了蟋蟀的脚步，但蟋蟀跳得太快，无论它怎么赶都赶不上。

"你慢点行吗？我跟不上了。"

蟋蟀没有回头依然往前跳："你快点，别慢慢吞吞的。"

小蜘蛛说："你究竟要带我去哪？"

蟋蟀说："到了你就知道了，不然你会被赶出去。"

跳着跳着蟋蟀突然停了下来向前面指了指，说："你快去前面白鼠大哥那里登记。"

小蜘蛛狐疑地问："登记什么？"

蟋蟀说："身份证啊！没有登记的昆虫是不能在这里的。"

小蜘蛛吓了一跳，"还要身份证？"

蟋蟀向一旁的大树指了指："当然要啦！你看到树枝上的小鸟没？它是负责监督的。没有身份证的昆虫会被赶出去。这一切都是老猫国王定下的规矩。"

小蜘蛛又被吓了一跳："花园的国王是只猫？这里也太混乱了吧。"

蟋蟀紧张道："小心别被听到了，笨蛋！国王耳朵很好的，能听到花园的一丝响声。不过这会儿，国王应该在睡午觉。我不能过去了，只能送你到这里，祝你好运。"

其实小蜘蛛正在考虑到底要不要留在这里，但想想自己也没什么地方可去了，所以只能暂时留在这里。

蟋蟀转身走了，小蜘蛛挥手向蟋蟀告别，往白鼠的方向走去。

4

今天是小蜘蛛待在花园的第三天，但却交不到任何朋友，于是它决定在花园到处逛逛，好能认识一下附近的邻居。

小蜘蛛住在大叶子下面，上面住着一只大蜗牛，其实这只蜗牛不算大，但在小蜘蛛眼里它的确很大。在小蜘蛛看来周围的一切都要比自己庞大，它显得如此渺小，如此微不足道。

蜗牛站在叶子顶端，就像悬崖边宏伟的雕像。小蜘蛛看了十分羡慕，希望着有一天也能这样。

它鼓起勇气走了过去跟蜗牛打招呼，蜗牛听到响声转了过去，看了看这只比自己还小的小蜘蛛。小蜘蛛很热情，在一旁问了很多问题，关于这里的一切，但蜗牛根本不屑于跟它讲话，完全没有把它放在眼里。小蜘蛛兴奋地讲了一大堆之后才发现别人根本没有在听。

　　小蜘蛛不好意思地说："抱歉，话有点太多了。"

　　蜗牛依然没有理会它，小蜘蛛站了几分钟转身走了，回到了叶子下面。它开始考虑起自己是不是很令人讨厌，不然为什么蜗牛会不理会它。小蜘蛛决定还是要到附近逛逛，看看有没有其他邻居。

　　随后小蜘蛛发现了花朵上停着一只大蝴蝶，它真的很漂亮，小蜘蛛瞬间呆了，因为在四面墙里根本没有蝴蝶，只有蚊子、苍蝇、壁虎。

　　蝴蝶看到了小蜘蛛于是问："你是新来的吗？之前没见过你！"

　　小蜘蛛点点头，问起了蜗牛为什么不理会它的事情。

　　蝴蝶狐疑地问："蜗牛？是大叶子上面的那只蜗牛吗？"

　　小蜘蛛再次点点头，说："我就住在大叶子下面。"

　　蝴蝶从花朵飞了下来道："那只蜗牛很讨厌的！高傲得要命！你住在它下面可要小心一点啊！"

　　小蜘蛛又点了点头。

　　蝴蝶问："小蜘蛛你从什么地方来的？"

　　小蜘蛛回："四面墙。"

　　蝴蝶又问："四面墙是哪里？"

　　小蜘蛛笑笑说："离这里好远啊，我是被大风刮来的。"

　　蝴蝶吓了一跳，"大风？"

　　小蜘蛛说："是啊，说来话长。不过……"

　　蝴蝶狐疑问："不过什么？"

　　小蜘蛛不好意思地说："你好漂亮啊！你的翅膀也好

漂亮。"

蝴蝶笑了笑，"是吗？谢谢！不过我小的时候可一点都不漂亮，那时候我很丑，而且也没有美丽的翅膀。"

小蜘蛛惊讶道："不会吧！怎么可能？"

蝴蝶又说："没骗你，那时候人人都躲着我呢，当时我只是一只卑微的小虫子，后来才有了翅膀。"

小蜘蛛看着蝴蝶那美丽的翅膀，眼里流露出来的是憧憬跟羡慕，它不知道自己究竟要何时才能变得强大起来。它想起了四面墙那里的朋友，它想回去，但不可能，因为如今已经出来，说不定一辈子都没有办法再回到曾经那个熟悉的地方了，也没办法再见到曾经熟悉的朋友。只能往前赶路，虽然不知道前面会发生什么。

小蜘蛛继续看着蝴蝶的那双翅膀，它太漂亮了，小蜘蛛从来没有见过这么漂亮的生物。在小蜘蛛眼里蝴蝶可能是最漂亮的了。

它喜欢上了这只蝴蝶，每时每刻都希望能看到蝴蝶。小蜘蛛希望自己可以变得更强大起米，好能配得上它。

小蜘蛛决定要跟蝴蝶在一起，但它哪里知道蝴蝶根本不喜欢它，也不属于它。

5

任何事物我们都是从陌生到熟悉的过程。在花园已经待了一年多，小蜘蛛想去更远的地方。

听说小蜘蛛要走，蝴蝶劝它，蟋蟀劝它，连高傲的蜗牛也劝它。但小蜘蛛毅然决定要走，谁也劝不住。

蟋蟀说："要走也行，不过必须先跟国王打一下招呼。"

小蜘蛛说："国王？那只老猫？"

蟋蟀点点头。

老猫国王有时会在花园里到处溜达，所以小蜘蛛偶尔见过几次，它身体庞大，一根胡子都要比小蜘蛛大很多。

蟋蟀带小蜘蛛见了国王，但国王听了并没说什么，只是张了张嘴，但没有说话。可能是蟋蟀跟小蜘蛛太小，老猫根本听不清它们在说什么吧。

的确已经很久都没有听过老猫国王说话了，老猫趴着一动不动，只是偶尔张张嘴，它好像要说些什么，但又说不出来，全身软绵绵的。

好像就要死了的样子。

国王去世那可是一件天大的事情，很快就传开了。蟋蟀跟小蜘蛛亲眼看着老猫断气。很快，国王被小姑娘抱走，不知去向。花园霎时间乱了。

那天晚上全体人员召开了一次大会。大家聚集在了一个地方，谈论着谁来继承王位，需要选出新的国王。现场七嘴八舌，完全听不清在说什么。

燕子用力拍了拍翅膀叫大家安静，霎时间全部安静了。

燕子咳嗽一声道："我们需要选出新的国王，由投票决定。"

大家都兴奋了，因为每个人都想自己能当上国王。

投票结果是几乎所有人都把票投给了自己，大家都想当国王。但小蜘蛛除外，它对国王一点兴趣都没有，所以小蜘蛛把票投给了燕子，燕子以一票之差当上了国王。

但事情没有那么顺利，燕子只当了一个月的国王，因为老猫没有死，只是病倒了而已，并没有断气。

国王的位置还未坐热就发现老猫已经回来了，令燕子措手不及。

后来燕子被老猫一怒之下赶出了花园，小蜘蛛因为把票投给了燕子也被赶出来了。燕子十分苦恼接下来该怎么办？但小蜘蛛觉得无妨，因为它本来就想出来，去更远的地方。

小蜘蛛看了看燕子道："你准备要去哪里？"

燕子十分苦恼，说："不知道。"

"不知道是什么意思？你有翅膀可以往天空飞啊！"

燕子隔了好久才说："可是我从来没有出过花园，我怕我飞不远。"

小蜘蛛皱了皱眉头："我看你是在花园里待太久了吧！不飞飞看，怎么知道自己飞不远？你可是燕子啊！本来就不应该待在花园，这是浪费你的才华，你应该去你该去的地方。"

"哪里是我该去的地方？"燕子问。

小蜘蛛指了指说："天空啊！那是你该去的地方。"

燕子点点头："好吧！那我们就此告别。"

小蜘蛛也点点头。

燕子努力地拍打翅膀，向天空飞去，小蜘蛛一直望着燕子，直到它飞得很远很远，远到消失在视线之中。

小蜘蛛又只剩下一个人了。它沿着大路走，不知要走到何时才能走完这条路，前方除了风跟沙子不断吹来，没有任何东西。

小蜘蛛经过湖边，草地，但很快就被它们给赶出来了。它走过了很多地方但自始至终还是一个人。

本以为会永远一个人的时候，小蜘蛛遇到了另一只蜘蛛。说好永远一起走下去，但后来还是走了不同的路。

6

小蜘蛛终于走到了路的尽头，尽头是一棵大树在路的中央。仰头看去完全看不到树的顶端，它想上去看看，虽然爬上去又要花好长一段时间。

小蜘蛛努力地往上爬，认识了许多新的朋友。它经过蜂窝，走近打了一下招呼，但蜜蜂却把它当成侵略者赶了出来。越往上走越有更多的新朋友，啄木鸟太执着于啄木，根本没有理会小蜘蛛，虽然小蜘蛛不知道啄木鸟到底在干什么。

小蜘蛛已经不是四面墙那个小得看不见的小蜘蛛，渐渐地它从小蜘蛛变得不那么小。

小蜘蛛继续赶着它的路，头脑里想象着，说不定到了树顶，抬头一望就能看到曾经自己走过的所有路程，能看到花园，能看到那条笔直大路的全貌，说不定还能看到曾经的四面墙。

在你身边的，该走的都会走，不该走的都会为你留下

　　小时候特喜欢穿着三角裤，光着脚就往外跑，一跑妈妈通常抓不住我，当时还太小，不明白什么是羞耻心，觉得想玩了便跑出去，无论有没有穿裤子，都无所顾忌。

　　大人看到我调侃说，哇，蓝色的内裤好漂亮。我当时完全不脸红地一直跑。

　　当时还三岁不到，光着脚不穿鞋跑出去很大概率会踩到狗粪，然后哭着回去，跟妈妈讲，踩到狗粪了。妈妈拿着水管朝着我脚的地方，冲啊冲。

　　只要不穿鞋就一定会踩到粪，概率几乎是百分之八十的，十次有八次中，这概率若去买彩票如今可能已经发财了。

　　不穿鞋妈妈会拿竹子打脚，后来我怕了，穿上鞋，同时也穿上了裙子。四岁的我爱穿裙子，我是男孩，至于为什么穿裙子，现在想想理由其实很蠢。就是看到隔壁的小姑娘穿着红裙子转圈，转啊转，头发慢慢地随着风飘起了。她很漂亮，特别是转圈的时候，看了之后觉得很羡慕于是也打算去穿，虽然没有长发。妈妈不给，说，男孩子不能穿。我听了

不乐意吵着要穿。

那时，一旦我穿上裙子基本上没有人会认得出我是男的，见到我就说，女孩子头发留长一点啊！

客人来家里看到我，问妈妈："你女儿几岁了？"

妈妈尴尬地笑了笑说："是男孩。"

客人狐疑地问："男孩穿裙子？"

妈妈说："他非要穿，还说是要穿裙子转圈。"

客人对着我哈哈大笑，我那时太小不明白她在笑什么，我只顾转我的圈，还白痴地照了照镜子，认为自己还蛮漂亮的。

隔壁的那女孩经常穿着红色的裙子，她以为我是女的，我也没有告诉过她我是男孩。她转圈我也跟着转，也跟她一样喜欢穿着裙子转圈。

在沙地里玩沙子，在公园里荡秋千，在人来人往的街道里来回地跑。小时候我总会假扮成女生，无论在哪儿，我总会拉着她的手，就好像我真的是女生一样。

再长大一点才知道，原来男孩子真的不能穿裙子，于是我把裙子脱了，换成裤子。

她嘴巴张得大大的，看我看了半天，都不敢相信，我居然是个男孩，其实我也不是要故意骗她，当时愧疚得要命。

后来我们都长大了，长大后我不可能再穿裙子，她的红裙子也不再见她穿过。

我问她为什么不再穿那条红裙子，她说穿不下了。

她说："那裙子多幼稚，都是小时候穿的，现在有什么好穿的，都长大了。"

我点了点头，说："也是。"

不知道为什么，听到她讲这个真的有点失望，其实我是想再看一次她穿红裙子转圈的模样。

虽然她说像两个白痴在转圈。

她小时候的裙子换成了现在的短裤，初中还没毕业就出来打工，打各种工，流水线工厂，麦当劳兼职，卖过衣服，白天工作晚上也工作。

有天我问她这么长时间工作，累不累？她摇摇头，说不累。

真的不累？

她用力地摇摇头，不累，不累。

我们总习惯于说自己不累，总是牵强地说不累，但却在背地里掉了许多眼泪。

她骂起人来不像女孩，喝起酒来更不像女孩，每次喝得酩酊大醉都得别人送回去。

她说以后如果结婚一定要穿红色的婚纱，然后在婚礼现场跟老公跳舞。

我头脑想着那画面，鸡皮疙瘩全起来了，不知道最后谁那么倒霉会是她老公，谁会跟她在婚礼上跳舞。

她恋爱了，朋友圈各种秀恩爱。

她分手了，大半夜喝得酩酊大醉。

有一次半夜她打电话过来，说她喝醉了，走不动了，要我送她回去。我想，晕！打错电话了吧？喝醉打电话给我干吗？一路上她一直吐一直吐，眼泪一直掉一直掉。

大街上有不少跟她一样喝醉的人，也有一样失恋的人，她成了其中一个。

我问她怎么了，她没说，只是一直哭，一直吐，似乎是把喝的酒都吐出来了。

我说："你可别吐我身上。"

她吐完说："吐你怎么了？算不算朋友？我分手了你不安慰一下？"

听完我愣了一下，才知道她分手了，难怪她前几天发朋友圈说，心情不好。

我说："分手就分手啊，别折磨自己，有什么大不了的！"

她瞪了瞪我，说："说得那么轻巧。"

我说："你还记得吗？你以前喜欢穿着红裙子转圈。"

她说："记得啊，提这个干吗？你还喜欢穿裙子跟我一起转，现在想想，就是两个白痴在转圈。"

那天晚上送她回去后自己就回家了，第二天早上她又活过来了，跟什么事都没发生一样。

她说没什么大不了的，要找男朋友多的是。

其实我知道，晚上一个人她一直哭，眼泪不知道掉了多少。

我说："你变了，变得跟以前不一样了。"

她说："你还不是一样，跟小时候不一样了。"

那天晚上我又想起以前我们穿着裙子，像傻子一样转圈的情景。

是什么改变了我们？明明刚开始还很好。那天晚上送她回去之后，她躺在床上一直自言自语。

我再次想起以前我们穿着裙子转圈的场景，虽然她说像两个白痴在转圈。

是什么改变了我们？什么能够改变我们？其实生活很多东西都在变，时间在变，你身边的一切都在变。

累了就休息，困了就睡觉，烦了就去公园跑一圈，直到满头大汗。

我们会恨某个人，我们也会爱某个人，其实他们说不定都是同一个。

爱的是他，恨的也是他。

所以还不如不爱也不要去恨。

在你身边的，该走的都会走，不该走的都会为你留下。

每个梦想都值得歌颂

在长大的过程中，每个阶段我们都会有不同的梦想，虽然也许是虚无缥缈，但每个梦想仍值得歌颂。

1

我记得我住在老房子的时候，梦想是能像孙悟空一样强大，能腾云驾雾，那时候我三岁；我住在霞加社的时候我的梦想是当一名足球运动员，那时候我八岁；我上五年级的时候梦想是当一名厨师，那时我十二岁；我住在连处围的时候我的梦想是当一名画家，因此后来的一段时间我很努力地画了很多画，那时候的我十五岁。

小时候我们总会有许多奇奇怪怪的梦想，我们总会有许多幻想。

就像我都曾幻想过，自己是动画片里面那个拯救世界的英雄，被所有人崇拜；就像我都曾幻想过，自己是孙悟空，能腾云驾雾。

那时住在老房子里，庭院里有一口井，往井里望去，里面黑乎乎的，什么都看不到。我经常伸手向里面抓了抓，希望能抓到什么，但无论我怎么拼命抓都是一场空。

那井已经很久没用了，里面的水也不能喝。我小的时候并不知道它叫井，也不知道井的作用，只知道从我出生以来它就在那里。

因此那时候我把它看成了怪物的洞穴，站在井边像傻瓜一样一直向里面望去，反复地抓，反复地喊，希望能把怪物给叫出来。

有一次我把脖子伸进井里，但由于伸得太深，整个身子差点掉了进去。幸好那时妈妈在一旁马上把我给抓住了，事后还把我狠狠地骂了一顿，但我并没有听妈妈在骂我什么。头脑想的不是掉进里面有多危险，而是在想，掉进去也没有什么不好的，可以游泳之类的。

当时我还太小，并不知道掉进去的危险性。

那时候我的梦想是希望能像孙悟空一样厉害，看《西游记》看多了，于是看到什么黑乎乎的东西，都觉得里面有妖怪。

把蚊子跟苍蝇当成怪兽，手在空中挥了半天。

2

八岁那年妈妈给我买了一个皮球，住附近的朋友竹竿看了看我的皮球，说："这皮球太烂了，很容易破的，应该买这种球才有用。"他手里拿着的是一个足球，我用很羡慕的表情看着竹竿手中的那个球。

听竹竿这么讲，于是我一回去就吵着妈妈要买足球。

但那时候还不知道足球有什么用，也不知道有这种运动，因为附近根本没有足球场，也没有看过任何人踢过足球，买回来之后也只是把它当普通的球玩而已。

后来在电视上看了《足球小将》，立刻就疯狂地喜欢上了这部动画，之后的每天一到播放的时间点，我都准时打开电视。

在看了足球小将之后，才真正让我认识了足球，头脑还一边幻想着，说不定哪天我也能成为足球运动员。

但这个梦想随着足球被我踢破之后，慢慢地也就消失了。

不过看动画片的热情倒是一点都没减，从小到大我看过不少动画片，以至于很多梦想随着看动画片的改变而改变。小学的时候，我记得看过一部跟料理有关的动画片。

看了之后便想着要去学料理，于是整天有事没事就吵着老爸教我炒菜，起初他觉得我是在开玩笑，所以没搭理我，但后来经过我死缠烂打，他才意识到，我不是在开玩笑。

爸爸严肃地看着我说："你是认真的吗？真的想学？"

我看老爸满脸严肃的模样，于是我也假装很严肃地点点头，说："嗯，我想学。"老爸看我想学料理很高兴，所以欣然决定要教我。

那段时间我跟着爸爸炒了很多菜，但我炒的那些，不是焦了就是煳了，不是太咸就是太淡，要么就是太辣。根本不能吃，炒完也得倒掉，重新来过。

用老姐当时的话来讲就是："你做的菜狗都不吃。"

后来我倒掉了很多很多盘失败的菜，但到最后依然也没有学好料理。

唯一成功的一次，我做出了人吃得了的菜，老姐拿起筷子准备试菜，我在旁边笑嘻嘻地想象着，我获得某某厨艺比赛的大奖。

后来我没有成为厨师，在那部动漫播完后的一个星期，我就对料理失去了兴趣。

它就像我已经逝去的童年，跟着童年一起走远了。

3

一直以来我画画很不错，这也跟我喜欢看动画片有一定的关系，如果不看动画片我也就不会有兴致去画了，因此从我小学一年级开始就在画了。

刚开始只是涂鸦，在哪里都能画，比如小学的课本，所有空白的地方几乎都已经被我画完了。

数学老师用余光看了看我的课本用很不屑的眼神说了一句："幼稚！"

我听了之后感到一阵不服气，于是下定决心："好吧！既然你都这么说了，那我偏偏就要画了。"从那时候开始我才决定要认真地画点什么。

于是我干脆在试卷上也画上画，特别是数学试卷，被我画上数学老师的丑照。

不出所料老师把我叫到办公室，数学老师说："下次可别在试卷上画画了知道了吗？试卷不是画纸，别这么幼稚！

已经不是幼儿园了。"

我看着老师很认真地点点头。

于是下次的数学考试我死不悔改地变本加厉在试卷上画了更多的头像画。

直到老师不再找我，被老师彻底放弃了。

后来我买了水彩、画笔，一直就这么画到初中，因此到了初中我自然而然是全班绘画成绩最好的一个。

那时我情窦初开，画的全是美少女，要么就是暗恋的某某女生。

当然在初中，有碰到绘画比我厉害得多的人，于是那一晚我一直在不停地画画，就好像我这样做第二天就能马上超越那个同学似的。

如今我已经不记得以前的我，到底幻想过多少东西，又有多少，是现在已经完全遗忘的。有时候我会很佩服小时候的我，能这么肆无忌惮地做梦，也不用去害怕任何事情，长大后的我反而失去了这种能力。

那时候的那些模糊不清的梦，也许只是那时自己内心对未来小小的憧憬罢了。

在长大的过程中，每个阶段我们都会有不同的梦想，虽然也许是虚无缥缈，但每个梦想仍值得歌颂。

在做那些梦，并且很认真地去尝试的过程中，虽然屡次失败，但又是那么幸福。

人生的路上没有指南针，我们只能凭着自己的感觉去走

我们都很着急，着急能为正在发生的事情做点什么，但谁都无可奈何，能做的只是默默地接受。接受下雨天，接受自己的坏心情，接受喜欢的人不喜欢你，接受被拒绝，接受自己的所有东西。

就在前几天U在路上见到小鹏，似乎是好久没见了，大概有五六年了吧。是小鹏先认出了U，跟他打招呼，U愣了几秒才认出来是谁，旁边还有晓敏——小鹏的妹妹，再次见到她，她似乎长高了不少，只是没能成为篮球运动员，后来我们互相加了微信。

小鹏高中毕业去北京读大学，晓敏跟着她哥哥去了北京。

小鹏问U："你不读大学？"

U说："读不起大学。"

小鹏说："你一年级时成绩可比我好，不是喜欢跟我比吗？怎么不比了？将来还要比谁的女朋友更漂亮！"

U说："去他的大学！去他的女朋友！不读了！不读了！"

晓敏插嘴道："我们大概多久能再见面？到时候出来

玩啊！"

U说："大概五六年吧，也可能更久，也可能是再也不见。"

看了小鹏朋友圈，想起了他曾经的那个梦想。

他的梦想是开家动物园。

小鹏从小到大养过不少东西，鱼、乌龟、仓鼠、兔子。特别是鱼，各种鱼的品种，他都买过，贵的便宜的，那时觉得再多一些，他便可以去开水族馆了。

他家养了只乌龟，当时看着很大，比了比跟U手掌差不多大。小鹏就住U男孩家附近，所以一放学U总会往他家跑，多半是为了看乌龟。

U说，记得小时候他曾异想天开地说过，以后我要开家动物园，里面有斑马、狮子、猴子、长颈鹿跟一切动植物，它们生活在一起，不会互相捕杀，只有自由奔跑。

当时U点点头什么也没说，只是觉得那很遥远，可能根本不会实现。

这是小鹏的梦想，只是不知道如今在他心底里那个梦是否还在。

他家的乌龟跟手掌一样大，那时想等到以后再大一些是不是能坐在上面，驮着我们游世界。

一年级时U跟他读的是同一所学校，那时他们都是刚刚上一年级，觉得自己长大了，不再是幼儿园的小屁孩儿，该干点不一样的事情。

上了一年级开始比谁的成绩好，第一单元测试，小鹏他爸爸要求他要考一百分，U的爸爸要求至少要八十分，结果U考了一百分，小鹏考了九十九分。U特骄傲，拿着百分试卷到处炫耀，U当时觉得大概能一直一百分下去。后来成绩退步了，不再是一百分，小鹏却仍然是九十九分。

U惊奇地看着小鹏，问："你是怎么办到的，为什么永远是九十九分？"

小鹏眨了眨眼睛说："不知道，我只是认真写了试卷。"

U觉得他在装蒜所以没理他。

后来不比考试，比勇气，比谁能最快地过马路，U得意扬扬地过了几次马路，小鹏仍然在原地站着。小鹏他妹晓敏看着不服气，所以跟U的妈妈打小报告，妈妈知道后拿起拖鞋把U痛打一顿。后来变成了他不敢过马路，一过马路便想到妈妈的拖鞋，正朝这边飞来。

据说U跟小鹏刚开始并不要好，虽然是同班但经常吵架，完全合不来。U跟小鹏一旦吵架晓敏便会帮着小鹏一起吵，后来还加上小鹏他姐，一张嘴是敌不过三张的，最后会被吐得一脸口水。

U的爸爸忙，放学通常没时间来接，所以都是小鹏他爸爸顺手一起带回去。当时那附近的小孩在私底下称他光头叔，因为他是秃顶的，头上就只有那么几根头发，看上去就像用胶水故意粘上去似的。每天对着镜子拿着梳子在头上梳啊梳，我们都在郁闷，只有几根头发的他，究竟在梳什么？

我们觉得他可能在想象自己有很多头发。

放学光头叔来接，小鹏把U从车上踢下来，说位置已经不够了，请自己走回去，然后朝U吐了吐舌头。

U说："你要我走回去？"

小鹏说："对，自己走回去，那是我爸爸的车你不能坐。"

U无可奈何只能自己走回去，那时他便发誓跟小鹏绝交，再也不理他。

小鹏早就到家了，U回来时他在门口等着，向他又吐了吐舌头。U向他竖中指。

一年级时U的朋友很少，于是十分羡慕那些有一大堆朋友的人。U跟小鹏吵架，就意味着放学要自己孤单地走回去，那条路不长，只是觉得无聊。黄昏太阳把他照得红彤彤的，仿佛世间的一切都是这种颜色，太阳落山了，天空又变成了黑色，大地也跟着变成了这种颜色，只剩下路灯跟车灯不是黑色。一个人走着，但仍然走得满头大汗，不是因为太热，只是走得太急。

U回到家后被妈妈说了好久，U不敢向妈妈说出自己在学校受到了什么委屈，连小鹏都故意气他。U的眼泪从眼睛里哗啦啦地掉下来。

小鹏他妹晓敏也是争强好胜的人，明明比U矮一个头，却非要跟U比身高，U无视了晓敏无数次。终于有一天U忍不住说："你一个女孩子要这么高干什么？"

晓敏顿了顿，说："我想学打篮球。"

U以为是自己听错了，于是揉了揉耳朵，道："什么？"

晓敏朝着U耳朵的方向大喊："我想学打篮球！怎么了？女孩子不可以打篮球吗？"

U点点头说："可以。"

不久以后小鹏跟U又和好了，之后U搬家了，也转校了。

U的爸爸跟小鹏的爸爸是同学，所以每年过年总会去拜年，晓敏到了初中真的变高了。

小鹏高中毕业去北京读大学，晓敏跟着她哥哥去了北京。

之后U去读技校，到了广州。

U说他看到了晓敏眼睛里的泪珠，晓敏转过身去，他似乎能听到晓敏在哭，眼泪一直掉一直掉。

再次见面真的就是六年后了。

U问小鹏："有没有交过女朋友？"

小鹏说："曾经交过。"

U说："曾经是什么意思？"

小鹏不肯说，于是U去问晓敏。

后来晓敏说高中时小鹏喜欢过隔壁班的一位女生，结果一天到晚往那边跑，放学往那边跑，下课也往那边跑，后来经过小鹏坚持不懈地努力那女孩真的被小鹏给追到了。

他们交往了一段时间，后来读了大学，小鹏跟那女生读了不同的大学，毕业后在不同的城市工作，在大学里女生喜欢上了别人，于是跟小鹏分手了。

那天女生打电话过来说："小鹏，我们分手吧。"

小鹏愣了一下："哈哈，别开玩笑。"

女生说："我是认真的，分手吧。"

小鹏说："哈哈哈，我知道昨天我挂了你电话，所以现在在生气对不对？"

女生说："不是因为这个，分手吧，小鹏。"

小鹏说："我不信！你在开玩笑，你还在生我的气对不对？"

女生叹了口气说："现在我交了新的男朋友，我已经不喜欢你了，所以分手吧。"

小鹏眼泪一直流一直流，但不敢哭出声来，女生把电话挂了，小鹏再打过去，但她没接，又打过去，她还是没接。发微信过去她也没回，大概是真的不会再理他了。

两个月后小鹏收到了那女生的结婚请帖，她要结婚了。

小鹏一直不明白为什么要分手，理由是什么？

听到这里U插嘴说："晕，那女的太过分了。"

晓敏说："其实也不能全怪那女生，应该怪她爸爸是个算命的。"

U狐疑地问："算命的怎么了？"

晓敏说："她爸爸帮她跟我哥算了一卦，说生辰八字不合，不能结婚，于是女生就被逼着分手了，她也因此哭了一晚上。这些也是我哥后来才知道的。"

U听了说："那就没办法了？"

晓敏说："那也没办法，她都结婚了。还有算命这东西不可信，全不是人话！她现在的老公是个赌鬼、酒鬼，当时他爸爸算了一卦说他们生辰八字合，所以才结婚的。"

听完U一直骂，去你的算命！好像事情是发生在他自己身上似的。

假期结束，小鹏回到了北京，晓敏在北京的工作已经辞掉，因为她决定留下，不去北京了。小鹏问她，为什么？晓敏说，不关你事，反正就是不去，太累了。小鹏点点头，说："好！"

小鹏拖着行李拿着车票，回了北京。

我们都很着急，着急能为正在发生的事情做点什么，但谁都无可奈何，能做的只是默默地接受。接受下雨天，接受自己的坏心情，接受喜欢的人不喜欢你，接受被拒绝，接受自己的所有东西。

人生的路上没有指南针，所以我们只有凭着自己的感觉去走。

失眠的人都有个说不出的心事

　　我逐渐发现一个人失眠也许真的不需要太多理由，也许真的有这么一个说不出的心事，或许只是想在夜晚这个安静的时间让自己静一静这么简单而已。

　　最近一睡着就容易"鬼压床"，就是睡觉的时候突然有了知觉但是身体却不能动，后来百度查了一下，说是太过疲劳的缘故，想想的确是这样，最近的确太累，熬夜过于频繁。

　　失眠的理由有很多，一失眠就特别想吃东西，但有时候吃东西也解决不了失眠的烦恼。

　　失眠的人都有一个解不开的心事，或者一个烦恼。

　　失眠先生是我见过说自己失眠次数最多的人，失眠一次第二天就在大家面前各种嘀嘀咕咕，讲昨晚失眠的痛苦，仿佛是在说昨天晚上他是经历了多大的苦难。

　　我问："你平时失眠都在干吗？"

　　失眠先生说："玩手机呗，要么吃泡面。"

　　我说："难怪你睡不着，把手机扔了，保证你能睡着。"

　　失眠先生说："把手机扔了我会胡思乱想，这样更睡不着。"

失眠先生最近失眠得厉害，大概是因为感情，就是他喜欢的姑娘。因为他有一段时间的行为实在反常，时常对着手机没来由地傻笑。

每个人失眠都一定有让他们失眠的心事，有些人想的是过去，有些人想的是未来，又有些人是因为被女孩子拒绝所以烦到睡不着，这都是原因。

在凌晨这个安静到连秒针走动都听得清楚的时刻，是最能让我们想明白，好好思考却不会让我们因此动怒的时候。

失眠并没办法解决烦恼，到后来我们都把烦恼带到了梦里，在那里实现自己想要的，想念自己想念的人，无论你怎么失眠最终还是会睡着的。

后来我发现失眠先生失眠是由于表白被拒绝的缘故，那个星期里他天天失眠，仿佛这样就能追到喜欢的姑娘。

失眠先生约女孩很多次了，但屡次被拒，恰好他又是个极其厚脸皮的人，约不到继续约。经过不懈努力女孩终于被失眠先生约了出来。

但女孩仍然一点都不给面子，那天女孩一到就跟失眠先生讲自己有喜欢的人了，而且也绝对不会喜欢失眠先生，失眠先生听了完全蒙了，不知道该怎么回答。姑娘说："请你也别继续打扰我，不然连朋友都做不成。"最后姑娘说了一句"我们并不适合"，就这样离开了。

失眠先生本来很高兴，听了这话瞬间觉得五雷轰顶，第一次被这样拒绝，眼泪哗哗都掉了下来。

　　我在想失眠先生大概就是为了这个原因失眠，姑娘很快交到了男朋友，但失眠先生还在失眠，他说他的失眠跟女孩拒不拒绝他没有关系，刚开始我不信，但后来他很快也交到了女朋友，但仍会失眠，一睡不着就爬起来吃泡面，一个星期下来吃掉了一大箱泡面。

　　他失眠渐渐变成了习惯，凌晨在那么安静的时间里，是唯一能够好好思考的时候。

　　因为他频繁地失眠所以才有了失眠先生这个外号。

　　失眠先生还在想着那个姑娘，每天失眠，好像这样就能把姑娘追到手，喜欢你这句话变得那么无力。你说，喜欢你。她回答，但我们不合适。

　　失眠先生是那种不怎么会拒绝别人的性格，特别是女孩的要求，哪怕是自己不想做的也会勉强答应。

　　因此他常常会答应别人自己不愿意做的事情，受了不少委屈。

　　失眠先生的女朋友叫张夏，在那天失眠先生被拒绝的晚上，张夏就突然跟失眠先生表白了，在那天晚上失眠先生失眠得更加厉害。一来他虽然不喜欢张夏，不过又不好意思拒绝；二来虽然被那姑娘拒绝不过他还喜欢着她。

　　在面对这种抉择他想了一晚上，想着想着睡着了来不及回复张夏，不过失眠先生每天会喝得酩酊大醉，每次都是张夏把他送回家里。

　　后来他们两个交往了。

　　第一次约会失眠先生就迟到了将近半个钟头，说话也永远是心不在焉，仿佛心在别处。

张夏渐渐地也感觉到了，失眠先生好像不喜欢自己的事实。但张夏又同时在安慰自己，失眠先生是昨天加班的缘故。

跟不喜欢的人交往实在太累，不喜欢就是不喜欢，失眠先生最后还是说出了那句话，他们交往不到两个星期就分手了。

这个结果大家并不吃惊，失眠先生不喜欢张夏的事情，我们都是可以看出来的。喜欢一个人你会不自觉地对她好，看见那个人就如同见到彩虹一样，但在失眠先生身上完全看不到，有的也永远是敷衍。

"不喜欢我当初为什么还答应跟我交往？"我们都不知道该怎么去安慰张夏，那一天张夏抱怨了一个下午，事实上她自己也应该明白原因。

人最会欺骗自己，其实一开始你就已经知道最后会是什么结果。

失眠先生是张夏的初恋，在此之前她连男生的手都没牵过，所以才那么重视这份感情。

后来张夏也开始失眠了，虽然我们都在说，不要为了不爱你的人，去伤害自己，但要去真正忘记一个自己喜欢的人，的确是要很长时间。

张夏花了两个月的时间调整了状态，也不再失眠，但失眠先生就像把失眠当成抽烟一样的习惯，每次都得弄到凌晨三四点才有睡意。

失眠先生还是跟往常一样白天哭哭啼啼说晚上又失眠了，直到他交了新的女朋友，失眠才稍微好了一点点，朋友圈又开始活跃地发起了各种矫情的情感句子。

我逐渐发现一个人失眠也许真的不需要太多理由，也许真的有这么一个说不出的心事，或许只是想在夜晚这个安静的时间点让自己静一静这么简单而已。

愿失眠先生以后不再失眠，即使失眠，在夜晚你想念的那个人也刚好在想念你，你喜欢的那个人也刚好喜欢你，你一切想做的事情，都不会事与愿违。